사라진 모든 것들에게

사라진 모든 것들에게

맹비오 산문

추억을 선물해준 모든 이에게

고마움을 전합니다.

프롤로그

한때는 음악을 정말 좋아했다.
시간을 내서 음악을 들었다.
좋은 아티스트, 취향에 맞는 음악을 찾기 위해
온종일 노래만 듣기도 했다.
이제 그런 열정은 사라졌다.

음악은 단지 달릴 때 힘을 살짝 보태주는,
출퇴근길의 지루함을 조금 달래주는,
딱 그 정도 역할을 맡고 있다.
그마저도 유튜브에 조금씩 밀려나고 있으니,
미안해서 어쩌나….

그럼에도 음악에 꽂히는 순간이 있다.
걷던 길을 멈추고 제목을 확인하게 만드는 음악이 있다.
그런 노래를 발견하면, 지겹도록 반복해서 듣는다.
듣고, 듣고, 또 듣고.

'사라진 모든 것들에게'도 그런 노래였다.

서정적인 가사와 최정훈의 감미로운 목소리.
백 번도 넘게 이 곡만 들었다.
출근길에도, 퇴근길에도, 집에 와서도.
온종일 듣다 보니, 저절로 노래가 입 안에 맴돌았다.
가사 한마디 한마디를 곱씹어 본다.
가사가 귓속에서 맘속으로 건너온다.

사라진 모든 것들에게
잊혀진 모든 밤들에게
그럼에도 속삭이던
조그마한 사랑과 마음들에게

돌이켜보니
나에게도
'사라진 모든 것들'

'잊혀진 모든 밤들'이
참 많았다.

기록해야겠다고 생각했다.
사라졌지만, 기억 속엔 선명한 많은 것들을.
잊혀졌지만, 희미하게 남아있는 많은 밤들을.

세상에선 사라졌어도 추억 속에 남아있기를….
누군가의 그리움 속에 영원히 살아가기를….

　　돌아갈 수 없다 한 대도
　　이 밤 또 노래를 불러야지
　　그리워하는 마음이
　　미래를 향하는 마음이라며

－노래 <사라진 모든 것들에게> / 코드쿤스트, 잔나비 최정훈, 사이먼 도미닉

차례

#2 자네 아직 거기 있었소?

#3 기억 속 어디선가

#1

우린 얼마나 많은 것을 잊고 살아가는지

현관 열쇠

어린 시절 뉴스에선 종종 도둑 소식이 들렸다. 잠시 집을 비운 사이 집에 있는 귀중품을 훔쳐 간 도둑. 복면을 쓰고 들어와 사람들을 협박한 뒤 현금을 훔쳐 달아난 도둑. 금은방에 비비탄총을 들고 들어와 보석을 훔친 도둑. 오이를 수건으로 감싸 총인척하며 은행을 털던 간 큰 도둑. 오직 부자들의 집만 쥐도 새도 모르게 털어간다는 전설적인 도둑.

언젠가부터 도둑이란 단어는 듣기 어려워졌다. 과학 기술의 발달과 진화된 수사 기법 때문에 도둑질로 성공하기 만만치 않아졌다. 이젠 도둑이란 단어는 '도둑놈 심보' 같은 관용적 표현에서만 볼 수 있다. 하지만 세상이 좋아지는 만큼 범죄도 진화했다. 보이스 피싱, 전세 사기, 중고차 사기, 대출 사기 등의 범죄는 도둑질과는 비교도 안 되는 큰 피해를 일으킨다. 이런 말이 적절한지는 모르겠지만, 그 시절 도둑들은 지금보다 순수했다.

○

　　우리 집 현관문은 열쇠가 두 개였다. 평소엔 아래쪽 열쇠만 잠갔다. 하지만 뉴스에 도둑 소식이 들리면, 엄마는 우리에게 꼭 위쪽 열쇠까지 이중으로 잠그라고 강조했다. 복면 쓴 도둑이 무서웠기에 엄마 말을 잘 들었다. 덕분에 우리 집에 도둑이 든 적은 한 번도 없었다.

　　나는 평소에 열쇠를 가지고 다니지 않았다. 나는 잃어버리기 선수였기에, 엄마는 나에게 열쇠를 맡기지 않았다. 엄마는 대부분 집에 있었고, 초인종을 누르고 "엄마 나야!!"를 외치면 문이 열렸다. 가끔 엄마가 외출할 일이 생기면, 어쩔 수 없이 엄마는 나에게 열쇠를 쥐여주셨다.

　　한 마디를 덧붙이며.

"절대 잃어버리면 안 돼!"

○

 엄마의 철저한 문단속은 부작용도 있었다.
학교 끝나고 집에 와서 평소처럼 초인종을 눌렀다,
 "엄마 나야!"
이상하게 문이 열리지 않는다.
 '엄마가 화장실에 있나?'
조금 기다려본다. 시간이 지나도 아무런 기척이 없다.
 '혹시 초인종이 고장 났나?'
다시 초인종을 눌러본다.
문밖에 서 있는 내 귀까지 초인종 소리는 선명하게 들린다.
 '아... 엄마가 없구나.'
핸드폰도 없고, 시계도 없던,
하필 주머니에 pc방 갈 돈조차 없던 그때.
나는 묵묵히 창밖을 보며 엄마를 기다렸다.

그런 상황이 반복되자 노하우가 생겼다. 우리 집 초인종을 눌러도 반응이 없으면 옆집으로 가서 초인종을 눌렀다. 옆집 아주머니께서는 늘 반갑게 맞아주셨다. 엄마는 그분을 '609호 집사님'이라고 불렀다. 나는 최대한 공손하게 '집사님'께 인사를 드린 뒤 말했다.

"엄마가 집에 안 계세요. 혹시 전화 한 번만 해봐도 될까요?"
"그래, 그래. 얼른 들어와서 전화해봐라."

엄마에게 전화를 걸면 미안함이 가득 담긴 목소리로 말했다.

얼른 집에 가겠다고.
잠시만 거기서 기다리라고.
엄마가 정말 미안하다고...

난처한 순간도 있었다. 전화를 빌리러 옆집에 갔는데, 여기저기 접시가 깨져있었다. 두 분은 마치 연극을 하고 있었다는 듯이 나에게 친절하게 말씀하셨다.

"밖이 춥지? 엄마가 오실 때까지 여기서 쉬어."

그리고 다시 연극을 시작하셨다.
"더 이상은 이렇게 못 살아!!"
"내가 뭘 잘못했어!!"
"나가!! 나가!!"

관객은 오직 나밖에 없는,
지독히도 실감 나는 연극이었다.

○

4학년 때 친구 집에 놀러 가서 도어락을 처음 봤다. 현관에서 친구는 슬라이드 폰처럼 생긴 것을 철커덕 열더니, 띡띡 숫자를 눌렀다. 그러자 문이 열렸다. 해리포터에서 보았던 마법의 주문이 생각났다. 잠긴 문을 단숨에 열던 그 주문.

"알로 호모라!"

친구는 열쇠가 필요 없었다. 아파트 복도에서 하염없이 엄마를 기다릴 필요도 없었다. 이런 엄청난 발명품이 있다니⋯. 저거 사달라고 엄마한테 졸라야겠다.

진짜로 엄마에게 졸랐는지는 잘 기억이 나지 않지만, 얼마 지나지 않아 우리 집도 도어락을 설치했다. 설치를 마치고 우리는 당황했다. 숫자키가 보이지 않았다. 우리는 일단 보조키를 사용해 문을 열었다. 이런 식이면 도어락으로 바꾼 의미가 없다. 열쇠를 잃어버리면 집에 못 들어가는 것은 변함이 없었다. 아날로그에서 디지털로 바뀌었을 뿐.

도어락을 이리저리 만져보았다. 갑자기 번쩍하고 숫자가 나왔다. 손바닥을 대면 숫자가 나오는 터치식이었다. 이제 진짜로 더 이상 열쇠가 필요 없게 되었다. 그렇게 현관 열쇠와의 추억은 끝이 났다.

그때 이후로 복도에서 하염없이 엄마를 기다리는 일도,
전화를 빌리러 옆집 벨을 누르는 일도 생기지 않았다.

학교는 지금도 열쇠로 문을 잠근다. 가끔 교실 열쇠를 주머니에 넣고 다음 날에 안 가져오는 날이나,
"컴퓨터실 열쇠가 사라졌습니다! 혹시 가져가신 분은 연락주세요."
같은 메시지를 받는 날이면 그때가 떠오른다.

하염없이 창 밖을 바라보던 그날이….

비디오 테이프

    어렸을 때부터 TV를 참 좋아했다. 엄마가 집에 안 계시면 온종일 게임 채널에서 스타크래프트를 봤다. 학원이 끝나면 온 가족이 앉아서 TV를 보았다. 소소하지만 확실한 행복이었다.

    그 시절 편성표는 대부분 비슷했다. 오후 10시부터 11시까지는 드라마를 했고, 11시부터 12시까지는 예능 프로그램을 했다. 일찍 자고 일찍 일어나야 키가 쑥쑥 크는 새 나라의 어린이가 된다는 말도 무시한 채, 눈이 시뻘게질 때까지 TV를 봤다. 새 나라의 어린이는 되지 못했지만, 다행히 키는 만족할 만큼 컸다.

지금도 집에 들어오면 우선 TV부터 켠다.

이리저리 채널만 돌리다가

'에잇, 볼 게 하나도 없네!'

볼멘소리하며 리모컨을 내려놓는다. 어렸을 때보다 채널은 두 배 이상 많아졌는데 왜 이렇게 재밌는 게 없을까?

어쩌면 내가 많이 변했는지도 모르겠다.

○

결국 종착지는 넷플릭스다. 처음엔 넷플릭스가 천국 같았다. 한 달에 만 원 정도만 내면 셀 수 없이 많은 작품을 마음껏 볼 수 있었다. 임용고시를 합격했지만, 교사 발령이 나지 않아 맘 편히 놀던 낭인 시절. 넷플릭스의 세계에 빠져 살았다. 시트콤, 영화, 애니, 드라마, 다큐. 장르를 가리지 않고 미친 듯이 봤다. 그땐 남는 게 시간이었다.

직장을 다니자 시간이 부족했다. 예전처럼 넷플릭스를 마음껏 볼 수 없었다. 퇴근 후에 운동하고, 저녁밥을 먹고, 설거지까지 마치고 나서야, 나만의 시간이 시작된다. 보통 세 시간,

길어야 네 시간이다. 이 소중한 시간에 아무 작품이나 볼 수는 없었다. 매일 백사장에서 바늘을 찾는 심정으로 작품을 골랐다. 그리고 얼마 지나지 않아, 뜻밖의 병에 걸리게 되었다.

병명은 '넷플릭스 병'.
뭐를 볼지 고르다가 정작 하나도 제대로 못 보는 심각한 병….

불치병은 아니지만, 난치병이었다.
의사 선생님께서는 완치가 가능한 치료법을 말씀해주셨다.
"우선 넷플릭스를 해지하세요. 쿠팡 플레이, 디즈니 플러스, 왓챠 모두 해지하셔야 합니다. 그리고 그냥 TV에서 나오는 드라마를 보세요. 영화를 보고 싶거든, OCN을 틀거나, EBS 주말의 명화를 보세요. 이런 생활을 하시면 병은 자연스레 완치됩니다."
치료법을 알고 나서도 실천하지 못했다.
여전히 병은 완치되지 않았다.

○

가끔은 차라리 넷플릭스가 없던 어린 시절로 돌아가고 싶다. 비디오테이프로 영화를 보던 그 시절...

아빠는 영화를 좋아했다. 집 근처에 있는 '영화마을'이라는 비디오 가게에 우리를 자주 데려갔다. 일주일에 한 번, 아빠 손을 잡고 '영화마을'에 가서 비디오를 세 편 정도씩 빌려왔다. 아빠는 영화, 누나는 '영심이' 나는 '파워레인저'.

인기 있는 영화는 빌리기도 힘들었다.
"포레스트 검프는 없나요?"
"아…. 그건 다른 분이 빌려 가셔서요."
"오늘 들어온다고 해서 온 건데…."
"그러게요. 오늘 반납하는 날인데. 오늘 연락해 봐야겠네요."
그럴 때면 비디오 가게 아저씨는 다른 영화를 추천해주셨다. 그렇게 우연히 만난 영화가 오히려 더 재미있는 경우도 많았다.

우연히 찾아온 소중한 인연.

○

　　학교에선 방학 직전쯤 교과서가 다 끝나면 종종 영화를 봤다. 지금은 컴퓨터만 있으면 영화 보기가 참 쉽지만, 그 시절엔 그렇지 않았다. 선생님께서 직접 비디오를 빌려오셔야 했다. 한 번은 담임 선생님께서 깜빡하고 비디오를 빌려오지 못하셨는지 반장이었던 나를 슬쩍 불렀다.

　　"비오야, 쉬는 시간에 비디오 가게 가서 '아이스 에이지' 좀 빌려와. 혹시나 없으면 '몬스터 주식회사' 빌려와!"

　　나는 이미 '아이스 에이지'를 봤기에,
　　비디오 가게에 '아이스 에이지'가 분명히 있었음에도,
　　'몬스터 주식회사'를 빌렸다.

　　그리고 선생님께 말했다.
　　"선생님, '아이스 에이지'가 없어서 '몬스터 주식회사' 빌려왔어요!"
　　20년도 더 지난 일이지만 이제야 처음 고백한다.
　　선생님 정말 죄송합니다….
　　친구들아! 그때 몬스터 주식회사 재밌었지?

○

비디오는 지금처럼 화질이 선명하지 않았다. 많이 볼수록 테이프가 늘어져 화면이 지지직거렸다. 그럴 때면 아빠는 본 드 같은 액체를 들고 와서 비디오 플레이어에 몇 방울 넣으셨 다. 그리고 몇 분이 지나면 마법처럼 화질이 좋아졌다. 아직도 그게 무슨 액체인지, 어떤 원리로 화질을 좋아지게 만들었는 지는 모른다.

비디오테이프는 녹화도 할 수 있었다. 야인시대에서 구마 적과 김두한이 싸우는 날. 아빠는 우리를 먹여 살리느라 본방 송을 볼 수 없었다. 아빠는 종로의 최강자가 누군지 궁금해서 참을 수가 없었던지, 전날부터 우리에게 꼭 녹화해놓으라고 강조했다. 혹여나 우리가 제대로 녹화를 못할까 봐 노심초사 했다.

비디오테이프는 어느샌가 조금씩 DVD에 밀려났다. DVD 는 화질도 선명하고 비디오테이프처럼 늘어질 염려도 없었 다. 우리 집엔 DVD 플레이어가 없었다. 끝까지 비디오테이프 를 고집했다. 하지만 결국 VOD가 등장했다. 비디오테이프도

DVD도 이제 더 이상 필요하지 않았다. 많은 추억을 선물해준 비디오테이프는 그렇게 서서히 우리와 이별했다.

어쩌면 아직도 집 어느 곳엔가 비디오테이프가 우리의 손길을 기다리고 있을지도 모르겠다. 다음에 고향 집을 내려가면 비디오테이프가 있는지 찬찬히 살펴봐야겠다. 혹시 발견하게 된다면 천천히 쓰다듬어 주며 말해야겠다.

소중한 추억을 선물해줘서 정말 고맙다고….

두부 아저씨

매일 저녁 6시쯤 우리 아파트엔 하얀 다마스 한 대가 들어왔다. 작은 차에 어울리지 않는, 큰 풍채를 가진 사내가 내렸다. 그는 트렁크 문을 열고 종을 꺼낸 뒤, 특유의 리듬에 맞춰 흔들었다.

"딸랑딸랑, 딸랑딸랑"

아파트 모든 집에 울릴 정도로 꽤 날카로운 종소리였다. 동시에 그는 자기 목소리를 녹음한 파일을 메가폰 스피커에 크게 틀었다. 작은 소음에도 이웃 간의 마찰이 잦던 아파트였지만, 유독 그 쩌렁쩌렁한 소리에는 관대했다. 오히려 그 소리를 기다리는 사람들도 많았다.

"딸랑딸랑~, 딸랑딸랑~"

"따끈따끈한 두부! 두부가 왔어요. 따끈따끈한 두부! 두부가 왔어요."

그 사내의 정체는 두부 아저씨다.

○

종소리가 들리면 기다렸다는 듯이 아파트 사람들이 하나둘 모이기 시작한다. 두부 아저씨의 오래된 단골들이다. 어느 슈퍼나 마트에 가도 다 있는 두부였지만, 아파트 사람들 대부분은 이 아저씨 두부를 최고로 인정했다. 아저씨는 대체 불가능한 존재였다.

엄마는 두부 심부름을 자주 시켰다. 종소리가 들리면 엄마는 기다렸다는 듯이 말했다.

"비오야, 두부 한 모 얼른 가서 사 와."

종종 내가 문을 열면 동시에 옆집 현관문이 열렸다. 옆집 아주머니께서는 인자한 미소로 천 원짜리 한 장을 건네시며 말씀하셨다.

"비오야! 우리 껏도 하나만 사와라잉. 부탁한다잉."

동시에 문이 열리는 빈도수가 점점 늘어나자, 이게 진짜 우연인지, 혹시 아주머니께서 두부 종소리가 들리면, 귀를 쫑긋하고 계시다가, 우리 집 문소리에 맞춰, 문을 여시는 것은 아닌지, 의심이 들기도 했지만, 괜찮았다.

나는 두부 심부름을 참 좋아했으니까.

두부 아저씨 종소리를 눈앞에서 듣는 것도 좋았고, 면보를 들추면 솟아오르는 새하얀 김도 좋았다. 그 김에서 나는 냄새는 정말 고소했다.

○

오동통한 두부는 단돈 천 원이었다.
엄마에게 받은 천 원 한 장을 아저씨께 드리면
"심부름 왔구나?"
라고 친절하지만 수줍은 한 마디를 건네시며,
두부 꽁다리 부분을 잘라주셨다.
"이거 한번 먹어보렴."
너무 맛있어서 혹시 그 꽁다리 부분만 따로 살 수는 없는 건지 궁금했지만, 여쭤볼 용기까지는 없었다.

비닐에 싸주신 두부는 따뜻했다. 손에 느껴지는 말랑말랑한 두부의 온기가 좋았다. 비닐에 손을 살짝살짝 가져다 대면서 집에 올라갔다. 엄마는 조금 맛볼 수 있게 두부를 바로 썰어주셨다. 방금 사 온 김이 모락모락 나는 두부 위에 김치를 살짝 올려 먹었다. 천 원의 행복이었다.

○

두부 아저씨는 시곗바늘 칸트만큼이나 시간을 잘 지키셨다. 가끔 두부 아저씨가 저녁 6시쯤에도 오시지 않으면, 엄마는 걱정했다.

"왜 두부 아저씨가 안 오시지? 빨리 와야 하는데….."

잠시 뒤에 현관문 밖에서는 옆집 아주머니들 말소리가 메아리처럼 퍼진다.

"두부 아저씨가 오늘은 늦으시네?"

"오늘은 두부 아저씨 안 오는 날인가? 허 참…. 큰일이네."

모두가 그를 그토록 기다리고 있었다.

○

고등학생이 되었다. 야간자율학습으로 학교가 밤 10시에 끝났다. 도저히 두부 아저씨를 만날 수가 없었다. 온종일 학교에만 있다 보니, 두부 아저씨 생각조차 들지 않았다. 그리고 이사를 갔다.

그 후로, 두부 아저씨를 다시 만나지 못했다.

두부 아저씨가 아직도 종을 치며 두부를 파시는지, 아름다운 은퇴를 하셨는지는 알 수 없다. 다만 갑작스러운 이별에 전하지 못했던 말을 전하고 싶다.

"그때 주신 두부 꽁다리보다 맛있는 두부는 지금까지 먹어보지 못했습니다. 앞으로 다시 볼 기회 없이 살아가더라도, 마음속으로 늘 응원하겠습니다. 건강히 지내십시오."

중고가전 아저씨

이 아저씬 돈이 얼마나 많은 걸까.

2002 월드컵

한 살을 더 먹었다. 작년에 30대가 되었다가, 대통령님의 은혜로 다시 20대가 되었다. 이제 그 은혜도 얼마 남지 않았다. 몇 달이 지나면 이제 요리 보고 저리 봐도, 한국에서도 미국에서도 30대가 된다. 아…. 야속한 세월이여.

군대를 뒤늦게 간 탓에, 나보다 어린 친구들을 만날 기회가 많았다. 그 당시 가장 어린 친구는 99년생이었다. 나보다 5살 어렸지만, 군대는 5달 먼저 들어온 선임이었다. 그 앳된 선임은 내가 고개를 푹 숙이고 존댓말 하는 것을 불편해했다. 그는 청소 시간에 조용히 나를 아무도 없는 곳으로 불렀다.

"맹비오, 혼자만 밖으로 좀 나와봐."

선임의 부름은 새파란 이등병을 긴장하게 한다.

떨리는 마음으로 그를 따라갔다.

그는 아무도 없는지 주위를 살피고 말을 건넸다.

"형. 자꾸 반말해서 죄송해요."

나는 깜짝 놀라 대답했다.

"아닙니다. C 일병님. 저보다 훨씬 선임이신데 당연하죠."

"형, 다른 선임들 있을 때만 조심하고, 둘이 있을 땐 그냥 말 편하게 하세요. 그게 저도 편해요."

○

그 뒤로 C 선임과 훨씬 가까워졌다. 참 많은 이야기를 나눴다. 어느 날. 생활관 TV에서 2002 월드컵 하이라이트가 나왔다. TV를 보며 C 선임은 장난스럽게 말했다.

"형은 늙은이라 2002 월드컵 다 기억나겠다!"

2002 월드컵. 그걸 어떻게 잊을 수 있겠나. 어제 일어난 일처럼 생생한데. 나는 늙은이라는 말에 화가 나서 TV보다 1초 빠른 스포를 했다.

"이제, 유상철이 골을 넣을 거야."

슛, 골인!

"박지성이 가슴 트래핑하고, 한 번 접고 슛을 쏠 거야."

박지성 골인!!

"이제, 거미손 이운재가 페널티킥을 막을 거야."

이운재 선수 빛나는 선방!!

모두가 나의 예지력에 감탄했다.

갑자기 궁금해졌다.

"근데, 너는 축구도 나보다 훨씬 좋아하면서 이걸 몰라?"

"에이 형. 나 그때 4살이었어. 당연히 기억 안 나지."

아. 이런 애송이….

○

2002년. 세상에 없었던 존재들도 있다.

매일 만나는 학생들이다.

학교에서 가장 나이가 많은 6학년도 2010년대생들이다.

축구를 좋아하는 학생들은 가끔 묻는다.

"선생님, 2002년에 우리나라가 월드컵에서 4등을 했다면
서요?"

"맞아! 그땐 선생님이 너희보다 어렸을 때였는데. 참 대단
했지."

맞아. 참 대단했어.

○

2002년 월드컵은 일본과 우리나라가 함께 개최했다. 우리
나라가 세계적 축제를 여는 주인장이 된 것이다. 이것부터 놀
라웠다. 1998년. 일본은 이미 7개의 월드컵 전용 경기장이 있
어 손님 맞을 준비가 끝나있었다. 반면 우리나라는 월드컵 전
용 경기장이 하나도 없었다. 제대로 된 설계조차 하고 있지 않
았다. 하지만 대한민국의 전매특허가 무엇인가. '빨리빨리
정신'. 대한민국은 빠르게 주요 도시에 경기장을 세웠다. 월
드컵이 열릴 수 있을까 걱정하던 목소리는 사라졌다.

대한민국 축구팀도 소음이 많았다. 대한민국은 네덜란드
출신 히딩크 감독을 기용했다. 히딩크 감독은 기존 국내 감독
들과 다른 점이 많았다. 우선 선수들 간 위계질서를 타파했다.

능력이 있다면 신예라도 과감하게 기용했다. 기술훈련보다 기초 체력 훈련을 강조했다. 갑작스러운 변화에 비판도 많았다. 프랑스와 평가전에서 5:0으로 패배하면서 '오대영' 감독이라는 치욕스러운 별명도 얻었다. 외국인 감독이 개최국 망신다 시킨다는 다소 거친 비난도 있었다. 1승만 해도 다행이라는 의견이 지배적이었다.

결과는? 히딩크 감독이 옳았다.
우리나라는 승승장구하며 16강에 올라갔다.
그때 히딩크 감독의 명언이 나온다.
"I'm still hungry"

그 말은 진실이었다.
대한민국은 이탈리아, 스페인을 꺾고 '준결승'에 올라갔다.
우리 모두 목 놓아 외쳤다.
"꿈은 이루어진다."

○

수많은 국민이 'Be the reds'라고 쓰인 붉은 티셔츠를 입고 거리로 나섰다. 우리 가족도 동참했다. 엄마는 우리 가족이 입을 붉은 티셔츠를 사 왔다. 그런데, 'Be the reds' 티셔츠가 아니었다. 지금 생각해 보면, 품질도 디자인도 훨씬 좋은 티셔츠였지만, 그땐 꼭 'Be the reds' 티셔츠여야 했다.

"엄마, 이거 붉은 악마 티셔츠 아니야!"
"아이고, 엄마는 빨간색이면 되는 건 줄 알았네. 어찌까."
"아이⋯. Be the reds가 있어야 하는데⋯. 아니면 붉은 악마 아닌데⋯."

내 표정이 많이 어두웠는지, 엄마는 Be the reds 티셔츠네 장을 다시 샀다.

빨간 티셔츠를 두 장이나 샀으니, 거리로 나가야 했다. 스페인과 8강 전이 있는 날. 우리 가족은 비장하게 붉은 티셔츠를 입고 광주 금남로로 향했다. 금남로 한복판에는 대형 스크린이 있었다. 축구 시작 전부터 다양한 공연을 하고 있었다. 붉은 인파 속에 함께 있는 기분이 좋았다. 드디어 진정으로 붉은 악마가 된 것 같았다. 오늘 한번 열심히 응원해 보겠다고 다짐했다.

경기가 시작되었다. 붉은 악마의 응원이 거리를 가득 채웠다.

하지만. 키가 작은 초등학생은 스크린이 보이지 않았다.

"아빠, 나 하나도 안 보여."

아빠는 주위를 둘러보며 슬쩍 나를 일으켜 세웠다. 열심히 뛰는 선수들의 모습이 보이기 시작했다. '대한민국!!'을 크게 외치려는 순간. 뒤에서 누군가 외쳤다.

"일어서면 어떡해요! 뒷사람들도 보고 있는데….”

아빠는 다급하게 나를 다시 앉히고 대책을 세웠다.

일단 그곳을 빠져나왔다. 대형 스크린은 포기했다. 엄마와 누나는 '집에서 보는 게 역시 최고'라며 집에 가겠다고 했다. 나는 집에 가긴 싫었다. 축구는 안 보이지만, 거리 분위기가 좋았다. 결국 엄마와 누나는 집에 가고, 아빠와 나는 거리에 남았다.

○

아빠와 나는 금남로 거리를 이리저리 돌아다녔다. 대형 스크린 말고도 여기저기 TV가 많았다. 우리는 금남로 지하상가 한쪽에 자리 잡고, 응원했다. 그날, 우린 거대한 붉은 파도가 아닌 졸졸 흐르는 붉은 시냇물에서 대한민국 선수들과 함께했다. 그리고 대한민국은 승부차기 끝에 승리했다.

집에 가던 길도 생각난다. 아빠 차는 '빨간 마티즈'였다. 거리의 악마 한 무리가 우리 차를 보고 환호했다.

"어! 저기 붉은 악마 차다! 와아아아!!! 대한민국!!"

아빠는 기분 좋게 화답의 크랙션을 울렸다.

"빵빵 빵 빵빵. 대한민국!"

그땐 '포르쉐'도 부럽지 않았다.

○

기억과 추억은 느낌이 조금 다르다. 기억이 단지 잊지 않은 지난 일이라면, 추억은 결코 잊을 수 없는 지난 일이라고 할까나. 그런 의미에서 2002년 월드컵은 나에게 선명한 기억이 아닌 소중한 추억으로 남는다.

그래서 오늘도 대한민국 축구팀을 응원한다. 축구는 축구일 뿐이라지만, 이런 추억 하나가 살아가는 데 큰 힘을 준다. 2002년을 경험하지 못한 수많은 친구들에게도 소중한 추억을 선물해 주면 좋겠다.

대한민국 축구팀 파이팅!!

싸이월드

초등학교 시절 '버디버디'라는 메신저가 있었다. '버디버디'를 통해 우리는 학교가 끝나고도 소통할 수 있었다. 학교가 끝나고 집에 가면 우선 버디버디를 켰다. 접속한 친구가 많으면 왠지 기분이 좋았다. 친구들이 내 옆에 늘 함께하는 기분이었다. 버디버디를 통해 우리는 함께 게임을 할 친구를 찾기도, 주말에 야구할 친구를 모으기도 했다.

버디버디에는 미니홈피가 있었다. 그땐 주로 인터넷에서 재밌는 사진을 찾아 올리는 게 유행이었다. 나는 개와 새를 결합한 '개새' 사진을 주로 올리며 친구들을 끌어모으려 했다. 하지만 생각보다 반응이 없었다. 좀 더 재밌어 보이는 합성사진을 올려도 마찬가지였다. 아무도 보지 않는 사진을 올리기도 지칠 때쯤, 갑작스레 인기를 끈 건 의외로 글이었다.

초등학교 5학년. 남학생들은 조금씩 혈기 왕성해졌다. 서로 물리적인 다툼도 많았다. 우리는 그걸 '맞짱을 깐다.' 라고 했다. 친구들이 서로 '맞짱'을 까며 서열을 매기는 순간, 나는 생각했다.

'펜은 칼보다 강하다.'

나는 한 발짝 물러서 '맞짱의 순간'을 기록하겠다고 생각했다. 친구들이 '맞짱'을 까는 순간에 말리는 척 맨 앞에 섰다. 그들의 움직임, 주특기, 스피드, 파워를 최대한 자세히 관찰했다.

데이터가 어느 정도 쌓이자, 버디버디 미니홈피에 '우리 반 학생들 전투력 측정' 이라는 글을 올렸다. 같은 반 친구들이 싸울 때 보이는 특징을 자세하게 묘사한 글이었다. 대략 이런 식이었다.

S: 동네 아저씨 스타일. 손발보다 고함이 먼저 나감. 그 고함이 꽤 위력적임. 정통 복싱 스타일보다는 엄마 스타일의 등짝 스매싱을 주로 사용.

B: 날쌘돌이 스타일. 트레이드 마크인 꽁지머리가 흩날릴 정도의 스피드를 보여줌. 주로 발차기를 사용. 큰 키를 잘 활용해서 싸움.

C: 아가리 파이터. 청산유수로 터져 나오는 깝죽거림은 상대에게 큰 타격을 줌. 강자를 만나면 급격하게 조용해지면서 장점을 살리지 못함. 전형적으로 약자에게 강한 스타일.

별생각 없이 단숨에 휘갈긴 글이었는데, 입소문이 나면서 파장이 커졌다. 많은 친구들이 깔깔대며 좋아했다. 자신을 묘사한 글이 마음에 들지 않는 친구들은 하나둘 와서 따졌다. 글을 당장 지우라는 협박과 조금만 좋게 고쳐줄 수는 없냐는 회유에도 꿋꿋하게 버텼다. 목에 칼이 들어와도 글을 수정하거나 삭제하지 않겠노라 선언했다. 뒷통수를 몇 대 맞긴 했지만, 다행히 칼을 들이미는 친구는 없었다. 자기는 왜 글에서 빠졌냐며 아쉬워하던 친구들도 있었다. 그들에게는 2탄을 준비하고 있으니, 앞으로 좀 더 인상적인 모습을 보여주길 바란다며 격려했다. 세상에서 인정받은 첫 번째 글이었다. 안타깝게도 게으름에 빠져 2탄은 나오지 않았다.

○

6학년이 되자 버디버디는 고학년에 어울리지 않는다거나, 중학생들은 모두 싸이월드를 한다는 식의 이야기가 퍼졌다. 결국 버디버디의 인기는 조금씩 사그라들고, 싸이월드의 시대가 왔다. 싸이월드는 버디버디와 비슷했지만 달랐다. 싸이월드에서는 실명을 사용했다. 실명이 워낙 특이했기에, 나는 이 점이 마음에 들지 않았다. 보통 다른 친구들 이름을 검색하면, 이름이 같은 사람이 두세 명 정도 나왔다. '김민수' 같은 평범한 이름을 검색하면 열 명 넘게 나오기도 했다. 하지만 내이름 '맹비오'를 검색하면 언제나 딱 한 명이 나왔다. 특이한 이름을 장점으로 여기고 당당하게 말하기에는 아직 어린나이었다. 몇 년 뒤, 밥을 먹다가 아빠가 한마디 던졌다.

"너도 싸이월드 하더만. 니 이름 쳐본게 바로 나오드라."

그 순간부터 인터넷 공간의 자유로움은 사라졌다. 미니홈피에 글을 올릴 때 나도 모르게 검열하게 되었다.

○

　싸이월드 미니홈피는 오직 ‘내 공간’이라는 느낌을 주었
다. 미니홈피 배경음악을 무엇으로 해야 할지 한참을 고민했
다. 너무 질리지 않도록 주기적으로 바꿔주었다. 포지션의 ‘I
love you’, 프리스타일의 ‘Y’가 그 시절 인기 많던 배경음
악이다. 소중한 순간은 사진첩에 기록했다. 나중에 사진첩을
다시 보면 그 순간의 기분을 떠올릴 수 있었다. 첫 페이지에
나오는 ‘미니룸’이라 불리던 작은 방 한 칸. 그 가상의 방
을 내 방보다 열심히 꾸몄다. 소파도 놓고, 침대도 놓고, 가구
를 이리저리 옮겨보았다. 방 안에는 나의 분신 ‘미니미’가
살았다. 강제로 스포츠머리를 해야 했던 중학교 시절, 미니미
의 머리를 화려하게 바꿔보며 해방감을 느꼈다. 미니미는 머
리 위 작은 말풍선을 통해 내 마음을 대신 전했다. 그 말풍선
에 무슨 말을 썼던지 아무리 생각해봐도 기억나지 않는다. 그
시절 나는 무슨 생각을 했을까….

○

　방을 꾸미고 배경음악을 바꾸기 위해선 돈이 필요했다. 싸

이월드에서 상품을 살 수 있는 돈은 '도토리'였다. 도토리
는 한 개에 100원이었다. 5개면 배경음악 하나를 살 수 있었다.
지금은 별이 되어버린 인디 가수 '달빛요정역전만루홈런'.
그는 음원 판매 수익을 도토리로 주겠다는 싸이월드의 제안을
받고 불만을 표하는 노래 '도토리'를 만들기도 했다.

> 주는 대로 받아먹는 게 뼛속까지 익숙해도
> 아무래도 이건 좀 짜증나
> 도토리, 이건 먹을 수도 없는
> 껍데기, 이걸로 뭘 하란 말야
> <도토리 / 달빛요정역전만루홈런>

도토리는 서로에게 선물을 할 수도 있었다. 생일인 친구나
마음에 드는 이성 친구에게 '도토리'를 선물하는 문화도 생
겼다. 아. 물론 나는 한 번도 받아보진 못했다.
하하하. 난 괜찮다. 걱정 마시길.

○

싸이월드에서는 친구를 '일촌'이라고 불렀다. 일촌들은

미니홈피에 들어와 글을 남겨주곤 했다. 사진에 댓글을 달아주고, 방명록에 글을 남겨주었다. 미니홈피 가장 첫 화면에 보이는 '일촌평'은 그 친구와 내가 얼마나 가까운지를 보여주는 증거였다. 인기 많은 친구의 미니홈피에서는 한 눈에도 가득 찬 일촌평과 끝없이 이어지는 방명록을 볼 수 있었다. 반면 내 미니홈피는 깨끗했다. 텅텅 비어 허전한 일촌평. 두세 개가 전부였던 방명록.

하하하하…. 난 괜찮다…. 걱정 마시길….

솔직히 괜찮지 않았다. '이곳은 오직 나만의 공간'이라고 위로하기엔 너무 쓸쓸했다. 아주 가끔 내 미니홈피에 들어와, 내 사진을 보고, 댓글을 남겨주고, 방명록까지 남겨주는 번거로운 일을 해준 친구들이 너무나 소중하게 느껴졌다.

나에게 애정을 가진 사람들.
참 좋은 사람들.

○

　6단계만 거치면 전 세계 사람이 서로 아는 사람이라는데, 싸이월드는 그걸 증명했다. 내 일촌의 일촌을 계속 탐험하던 '일촌 파도타기'. 가끔은 몰래 가깝지 않은 친구들의 미니홈피를 염탐했다. 그러다 나와 비슷한 관심사를 가진 친구들을 만나면 기분이 좋아졌다. 파도를 타다 보면 알 수 있었다.

　우린 모두 연결되어 있다는 것을.
　우린 모두 만난다는 것을.

○

　한때는 3,000만 명의 사용자 수를 자랑하던 싸이월드는 어느 순간 몰락했다. 싸이월드는 스마트폰 시대에 제대로 따라가지 못했다. 사람들은 트위터, 페이스북, 인스타그램 등의 SNS로 하나둘 넘어갔다. SNS의 핵심은 소통인데, 싸이월드에는 더 이상 소통할 사람이 남아있지 않았다. 몇 차례 심폐소생술의 노력에도 불구하고 심장은 제대로 뛰지 않고 있다.

2년 전, 싸이월드 사진첩을 복원할 수 있다는 소식이 들렸다. 몇몇 친구들이 복원하고 나서, 추억의 옛 사진을 보여주기도 했다. 나도 궁금해져서 복원해 볼까 하다 말았다. 비밀번호 찾기가 너무 귀찮았다. 옛 추억은 데이터 센터 어딘가 묻어두기로 했다.

훗날 누군가 싸이월드를 아냐고 묻는다면 이렇게 대답하고 싶다.

"싸이월드를 아냐고요?
제가 아는 SNS 중에 최고였어요."

디스켓

    학생들을 가르치다 자주 놀란다. 능력자들이 참 많다. 나보다 훨씬 많은 책을 읽는 학생. 동영상 편집을 빠르게 해내는 학생. 한 번만 보고도 춤을 따라 출 수 있는 학생. 감각적인 시를 쓰는 학생. 하지만 단 한 가지는 우리 세대보다 훨씬 부족함을 느낀다. 요즘 아이들은 대부분 컴퓨터를 잘 다루지 못한다.

    교실에는 노트북 26개가 있다. 교육청에서는 학생 디지털 역량 강화를 위해 모든 학생에게 노트북을 빌려주었다. 정말 좋은 세상이다. 그런데 학생들은 이상하게 컴퓨터에 익숙하지 않다. 아마 컴퓨터보다 스마트폰을 자주 접해서 그런 것 같다.

와이파이를 연결하지 못하는 아이, 독수리 타법 신공을 보여주는 아이, 폴더를 찾지 못하는 아이…. 컴퓨터를 활용하는 수업은 다양한 이유로 어려움을 겪는다.

○

사회 시간이었다. 자신이 소개하고 싶은 나라를 발표하는 수업이었다. 파워포인트로 발표 자료를 만드는 시간을 가졌다. 다행히 아이들은 꽤 그럴듯하게 만들었다. 가장 먼저 완성한 학생이 손을 들었다.

"선생님, 다 했으면 꺼요?"

다급하게 외쳤다.

"안돼! 저장해야지!"

"저장 어떻게 해요?"

"아…. 저장은 말이지."

이 아이만의 문제가 아니라는 생각이 들었다. 발표 자료를 열심히 만들고 있던 학생들에게 잠시 멈추고 앞을 보게 했다.

"자! 여기 보세요! 어이! 거기. 하던 거 멈추고 여기 보자!

우선 저장하는 방법을 먼저 알려주겠습니다. 잘 보고 완성한 뒤에 꼭 저장해야 합니다. 자!! 여기 선생님 마우스 보이죠? 이 디스켓 모양을 누르세요."

그때 한 아이가 질문을 던졌다.
"선생님, 디스켓이 뭐예요?"
"아⋯. 디스켓은 말이지. 너희 USB 알지? 그거랑 똑같은 거야. USB가 있기 전에는 디스켓에 저장했어."

○

나도 사실 디스켓을 사용하던 세대는 아니다. 디스켓의 모양, 크기, 질감은 생생히 기억나지만, 디스켓을 언제 마지막으로 썼는지, 언제 마지막으로 봤는지는 기억나지 않는다. 그래도 디스켓을 떠올리면 생각나는 사람이 한 명 있다. 같은 아파트 9층에 살던(10층인가?), 아파트 앞 슈퍼 아들이자, 우리 아빠의 제자였던, 이름 모를 형.

그는 컴퓨터 박사였다. 물론 박사 학위가 있지는 않았지만, 컴퓨터에 빠삭했다. 아빠는 컴퓨터에 문제가 생기면 늘 인터폰으로 형을 불렀다. 그러면 5분 내로 형이 우리 집에 왔다. 그가 이리저리 만지고 나면 컴퓨터는 다시 제대로 작동했다. 아빠는 원인을 물었고, 형은 자세히 답했다. 아빠가 알아들었는지는 잘 모르겠다.

　　아빠는 내가 게임 CD를 사달라고 조를 때도 먼저 그 형에게 인터폰을 했다.
　　"K야. 혹시 '킹 오브 파이터즈' 게임 다운 받을 수 있냐?"
　　그러면 형은 디스켓 몇 개를 들고 우리 집으로 왔다. 한 시간 정도 거실에서 기다리면 '킹 오브 파이터즈' 뿐만 아니라 '메탈슬러그', '보글보글'까지도 컴퓨터에 깔려 있었다. 그의 디스켓은 보물창고였다.

○

　　우리 반 아이들에게 물어보았다.
　　"혹시 디스켓 실제로 본 사람?"
　　아무도 없었다. 파일을 저장하지 못하는 것은 아이들 잘못이 아니었다. 아이들 기억에는 '디스켓'과 '저장' 사이의 연결고리가 없었다.

디스켓은 완전히 사라졌다. 그것도 꽤 오래전에⋯.

그래도 ‘저장’의 아이콘은 영원히 ‘디스켓’이길 소망한다.

학생들이 이게 도대체 뭐냐고 물으면,

“아⋯. 디스켓은 말이지.”

라고 대답하며 추억을 떠올릴 수 있으면 좋겠다.

혹시나
'시대에 맞게 저장 아이콘을
USB로 바꿔야 하는 것 아닌가?'
생각하는 이가 있다면, 간곡히 부탁한다.

"거…. 참. 한 번만 넘어갑시다."

학교 앞 문구점

옛날 옛적엔. 글을 쓰는 방을 문방(文房)이라 불렀다. 글을 쓰려면 도구가 필요하다. 나는 지금 노트북에 글을 쓴다. 가끔은 노트에 펜으로 쓰기도 한다.

옛날 옛적엔. 붓으로 글씨를 썼다.
그때 꼭 필요한 친구들이 있었다.
문방사우(文房四友).
서재에 꼭 있어야 할 네 벗.

지필연묵(紙筆硯墨).
종이, 붓, 벼루, 먹.

문방구(文房具)는 이 네 가지를 말한다. 넓은 의미로는 현대에 사용하는 펜, 잉크, 공책 등 모든 학용품을 뜻한다. 이들을 파는 곳 또한 문방구라고 부른다. 사실은 문방구점이 옳은 표현이지만, 언어는 사람이 만들어가는 것이다. '문방구'라고 하면 누구나 학교 앞 준비물을 사던 작은 가게를 떠올릴 것이다. 문방구, 문구점, 문방구점 등 다양한 이름이 있다. 우리 학교 앞 가게들은 다들 '문방구'가 아닌 '문구점'이라 불렀다.

○

우리에게 문구점은 멀티 플렉스였다. 그곳은 학용품만 파는 게 아니었다. 햄, 호떡, 과자, 아이스크림 등 다양한 음식이 있었다. 음식 가격은 대부분 100원, 비싸면 200원이었다. 천 원만 있어도 그곳에선 부자였다. 오락도 할 수 있었다. 두 대정도 있던 오락기는 인기가 많았다. 학교 끝나고 뛰어가도 늘 누군가 이미 쭈그려 앉아 오락을 하고 있었다. 그들의 화면에 빨리 'GAME OVER'라는 글씨가 뜨길 간절히 바라며 뒤에서 지켜봤다. 참 못된 마음이었다.

문구점은 우리를 도박에 빠지게도 했다. 문구점엔 100원을 넣고 하는 '가위바위보' 게임이 있었다. 가위바위보를 이기면 룰렛이 돌아간다. 거기에 나오는 숫자만큼 메달을 준다. 메달 1개는 100원의 가치가 있다. 문구점 안에서는 자유롭게 화폐처럼 사용할 수 있다. 한 번 100원으로 한 가위바위보 게임에서 메달 7개를 땄다. 그 손맛을 한동안 잊을 수 없었다. 1,000원을 날리고서야 도박의 무서움을 깨달았다.

○

우리 동네는 문구점이 많았다. 정문에 '그린 문구', 후문에 '사이버 문구', 학교 가는 길목에 있던 '똘이문구'. '똘이문구'는 동네에서 가장 오래되었다. 가게도 좁고 많이 낡았다. 학교에서도 가장 멀었다. 하지만 주인 할머니가 워낙 친절하셨다. 할머니 때문에 그곳을 찾는 친구들이 많았다. 나도 마찬가지였다. 준비물이 있으면 가장 먼저 똘이문구를 갔다. 물건이 질서 없이 정리된 것 같았지만, 주인 할머니께서는 귀신같이 찾아서 꺼내주셨다.

정문의 '그린 문구'는 부부가 운영했다. 아저씨와 아줌마가 함께 계셨다. 후문의 '사이버 문구'는 아저씨가 주로 계시고, 가끔 딸로 추정되는 누나가 있었다. 두 문구점은 적절히 고객을 나눠 가졌다. 정문으로 오가는 학생들은 '그린 문구'를, 후문으로 오가는 학생들은 '사이버 문구'를 갔다. 두 문구점은 경쟁 관계라고 보기는 어려웠다. 평화로운 시절이었다.

○

평화로운 연못에 돌을 던지는 사건이 일어났다. '그린 문구' 바로 옆에 '스마일 문구'가 생긴 것이다. '스마일 문구'의 주황색 간판은 오래되어 낡은 '그린 문구' 간판과 비교되었다. '스마일 문구'는 오픈 날 다양한 분식을 팔며 우리들의 마음을 끌어들였다. 만두, 떡꼬치, 피카츄 돈가스, 김말이. '그린 문구'에서는 볼 수 없던 먹거리였다. 친구들은 하나둘 그린 문구를 떠나 스마일 문구로 갔다.

그때부터 '그린 문구' 아저씨는 조금씩 예민해졌다.

하루는 내 친구 C가 엄마께 천 원을 받았다고 자랑했다. C

는 우리에게 한턱내겠다고 했다. 유독 '똘이문구' 할머니를 좋아하던 C는 '그린 문구' 쪽으로 걸어가며 말했다.

"우리 세 명이니까 천 원짜리를 우선 동전으로 바꾸자. 내가 400원 쓰고 너희 300원씩 줄게. 일단 돈은 여기 앞에 '그린 문구'에서 바꾸고, '똘이 문구'에서 사 먹자."

'그린 문구' 아저씨는 우리 대화를 들은 듯 했다. 우리가 문을 열자마자 아저씨는 호통을 치셨다.

"자식들아! 거기서 사 먹을 거면 돈도 거기서 바꿔! 여기가 무슨 돈 바꿔주는 데야?"

우리는 깜짝 놀랐다. 황급히 문을 닫고 '똘이 문구'로 뛰어갔다.

하루는 학교에서 불량식품의 위험성을 배운 날이었다. 학교 끝나고 오락을 하러 친구들과 '그린 문구'에 들어갔다. 오락을 마치고 먹을 거나 사서 집에 가려던 때, 친구 한 명이 말했다.

"야! 근데 선생님이 불량식품 안 좋다고 하시지 않았어?"

그때 갑자기 불호령이 떨어졌다. '그린 문구' 아저씨였다.

"이 자식아! 뭐가 불량식품이라는 거야. 응? 다시 말해봐. 뭐가 불량식품이야!"

우리는 다시 한 번 황급히 그곳을 뛰쳐나왔다. 갑작스러운 호

통에 오기가 생긴 친구는 '그린 문구' 쪽을 향해 크게 외쳤다.

"불량식품 먹지 맙시다!"

지금 생각하니,

참 버릇없는 자식이다.

○

학교 앞 문구점은 역사 속으로 사라지고 있다. 수많은 악재가 겹쳤다. 학교에서는 학생들의 준비물을 대부분 제공해준다. 온라인 쇼핑몰은 하루 만에 집 앞까지 배송해준다. 대형 문구점들은 화려하고 귀여운 제품으로 유혹한다. 게다가 코로나19라는 결정타를 맞았다. 학교를 오지 않는 아이들. 학교 앞 문구점은 그나마 있던 고객을 잃었다. 살아남기엔 너무 가혹한 환경이었다.

20년 전 다니던 초등학교 앞을 가봤다. '그린 문구', '사이버 문구', '스마일 문구', '똘이 문구' 모두 사라졌다.

이제 학교 끝난 아이들은 어디에서 놀아야 하나.

궁금하다.

지금 아이들은 훗날 어떤 장소를 그리워할까.

그들에게 과연 '학교 앞 문구점' 같은 장소는 어디일까.

우유 당번

아무런 대가도 없이
남을 돕고 싶어 안달하던
그 순수한 마음은
어디로 사라졌을까.

MP3

초등학교 4학년 때였다. 갑자기 친구 한 놈이 청진기처럼 생긴 물건을 목에 걸고 왔다. 저게 도대체 뭘까. 궁금했다. 친구에게 물었다.

"야! 이거 뭐야?"

친구는 우쭐하며 대답했다.

"이거 MP3야. 생일 선물로 받았어."

분명 답을 들었지만, 무엇인지 알 수 없었다. 티를 내지 않고 천천히 저 괴상한 물건의 용도를 생각해 보았다. 귀에 꽂는 것은 카세트에 있는 이어폰과 비슷하군. 결론은 어렵지 않았다. 노래를 듣는 물건이 틀림없군.

정답!

한때 HOT의 열광적인 팬이었던 누나 덕에 우리 집엔 오디오 장비가 많았다. 워크맨(미니 카세트), CD플레이어, 테이프와 CD를 모두 들을 수 있는 거대한 오디오 플레이어. 모두 있었다. 하지만 친구가 자랑한 MP3는 그것보다 훨씬 더 작았다. 목에 걸어도 아프지 않을 정도였고, 주머니에도 쏙 들어갈 크기였다. 훨씬 간편하게 음악을 들을 수 있었다. 그땐 음악을 그리 좋아하지도 않았지만, MP3가 갖고 싶어졌다.

○

　　한동안 엄마한테 MP3 타령을 했다. 오직 한 친구만 가지고 있던 MP3였지만, 나 빼고 다 있다는 거짓말도 보탰다. 그러던 어느 날, TV 채널을 돌리다가 홈쇼핑에서 MP3가 나오는 걸 봤다. 평소엔 쳐다도 안 보는 홈쇼핑 채널을 뚫어져라 봤다. 쇼호스트는 MP3의 장점을 열심히 설명했다.

　　"여러분! 오늘 아이리버 MP3 소개해 드립니다! 이 MP3는 다른 MP3보다 무려 3배 빠른 전송 속도를 자랑합니다! 디자인도 좀 보세요. 엄청 귀엽죠? 블랙, 레드, 블루, 그레이 네 가지 컬러가 있으니, 취향대로 선택하실 수 있습니다. 그리고 가장 중요한 포인트. 재생 시간! 이 제품은 AA 건전지 하나로 무려 40시간! 40시간 연속 재생이 가능합니다. 먼 곳으로 여행을 떠나도 걱정 없겠죠? 여러분 더 고민할 필요 있으신가요? 지금 바로 주문하세요!"

엄마가 설거지를 끝낼 때까지 홈쇼핑을 틀어놨다. 설거지를 마친 엄마가 다가오자 나는 말했다.

"엄마, 이게 MP3야."

엄마도 내 옆에 앉아 홈쇼핑을 봤다.

TV 속 쇼호스트들은 나와 한 편이 되어 열심히 엄마를 설득했다.

"다시는 이 가격은 보기 힘드실 텐데요…. 이 기회 놓치지 마세요!"

엄마는 말했다.

"기계가 엄청 째간하니 귀엽네."

엄마의 반응이 나쁘지 않아 기대를 품었다. 엄마는 몇 분 더 TV를 보더니 갑자기 외삼촌에게 전화했다.

"Y야. 집이야? 지금 채널 18번 한 번 틀어봐. 그래 그래. 홈쇼핑. 거기 나오는 기계. 그래 그래. 엠피 뭐시기. 비오가 갖고 싶단다. 그거 하나만 주문해주고, 다음에 외갓집에서 만날 때, 네가 비오 선물 주는 것처럼 줘라. 내가 돈 부쳐줄게."

주문은 나도 충분히 할 수 있는데, 왜 그렇게 복잡한 과정을 거치는지 알 수 없었다. 하지만 잠자코 있었다. 선물 받는 주제에 불만은 사치였다. 내 손에 MP3만 들어온다면, 엄마가 사주든, 외삼촌이 사주든, 산타할아버지가 사주든 상관없었다. 그날부터 외삼촌을 만날 날만 기다렸다. 한 달쯤 뒤, 외갓집에서 친척들이 만나기로 한 날, 혹시나 외삼촌이 내 MP3를 챙겨 오지 않으면 어쩌나 걱정했다. 다행히 그날 외삼촌은 MP3를 나에게 건네줬다. 내 생의 첫 MP3를.

홈쇼핑에서 산 첫 MP3♪

그때부터 본격적으로 노래를 듣기 시작했다. 처음엔 주로 인기 음악을 MP3에 담았지만, 노래를 점점 더 관심 있게 듣다 보니, 취향이 생겼다. 나만의 플레이 리스트를 만들기 시작했다. 수많은 노래를 듣고, 그중 마음에 드는 노래를 표시하고, 그 노래를 내려받고, MP3에 담는 일은 만만치 않은 작업이었다. 그 과정이 고되지 않고 즐거웠다. 평생 음악만 들으며 사는 삶도 나쁘지 않겠다고 생각했다.

○

서로 경쟁하듯 크기를 줄여나가던 mp3는 어느 순간 화면도, 버튼도 조금씩 커졌다. 기능도 점점 많아졌다. 영상을 볼 수도 있고, 게임도 할 수 있었다. 작은 MP3로 충분한 행복을 느끼던 나도 두 번이나 새로운 MP3를 샀다. 왜 내가 새로운 MP3를 샀는지 잘 기억나지 않는다. 잃어버렸나? 고장이 났나? 아니면 그냥 새것을 갖고 싶었나?

전혀 기억이 나지 않는다.

혹시 기억나는 사람?

그러던 어느 날 혁명이 일어났다. 청바지에 목폴라를 입은,

머리숱은 부족한데 수염은 많은 아저씨가 뉴스에 나왔다. 그는 수많은 사람 앞에서 자기 회사 제품을 멋지게 소개했다.

"오늘 우리는 혁신적인 제품을 세 개나 선보일 겁니다.

첫 번째, 터치로 조작할 수 있는 와이드스크린 아이팟.

두 번째, 혁신적인 휴대폰.

세 번째, 획기적인 인터넷 통신 기기.

정리하죠.

아이팟!   폰!   인터넷!

아이팟!   폰!   인터넷!

아이팟! 폰! 인터넷!

감이 오시나요? 사실 이것은 단 하나의 제품입니다.

우리는 이 새로운 제품을 '아이폰' 이라고 부릅니다."

○

포르쉐가 분명 존재하지만, 탈 수는 없듯, 강남아파트가 분명 존재하지만, 살 수는 없듯, 아이폰도 분명 존재하지만, 가질 수 없었다. 아이폰 대신 나는 여전히 'MP3! 폴더폰! 컴퓨터!'를 사용했다. 굳이 스마트폰의 필요성을 느끼지 못했다. 지금까지 없이 잘 살았는데, 앞으로도 잘 살 수 있겠지….

의외로 스마트폰은 빠르게 보급됐다. 나도 생각보다 빠르게 아이폰을 갖게 되었다. 고등학교 2학년 때, 아빠는 새로운 휴대폰으로 바꾸면서 원래 쓰던 아이폰을 나에게 줬다. 학교에서 아침조회 시간 휴대폰을 걷을 때, 당당하게 아이폰을 내자 모든 아이의 시선이 나에게 쏠렸다.

"와! 맹비오 아이폰으로 바꿨다!"

흐뭇한 마음과 겸손한 눈빛으로 대답했다.

"산 거 아니야. 아빠가 준 거야."

그렇게 또 하나의 추억과 이별하게 되었다.

MP3야. 안녕.

○

집에 아직 예전 MP3들이 있나? 아니면 다 버렸나?

전혀 기억이 나지 않는다.

혹시 기억나는 사람?

PMP

사전, 책, 인터넷 강의
영화, 음악, TV까지.
너도 정말 재주가 많았는데….
널 좋아하는 사람들이 정말 많았는데….

재능에 비해 전성기가 너무나 짧았던
비운의 천재.

컴퓨터 시간

해마다 아이들에게 묻는 말이 있다.

"어떤 과목을 가장 좋아하나요?"

다양한 대답이 나오지만, 매년 비슷한 분포를 보여준다. 어디 한 번 맞춰보시렵니까?

가장 많은 학생이 좋아하는 과목은 무엇일까?

체육이다. 내 짧은 교사 경력 내내 체육은 1위를 차지했다. 앞으로도 그 자리를 빼앗기지 않을 거라고 감히 확신한다. 체육 시간이 마냥 노는 시간은 아니다. 하지만 '노는 게 제일 좋은' 아이들의 마음을 가장 잘 충족시켜주는 시간이다. 학생들의 몸 건강에도 마음 건강에도 꼭 필요한 과목이다.

가장 많은 학생이 싫어하는 과목은 무엇일까?

이는 매년 다르게 나타난다. 어떤 해는 수학, 어떤 해는 사회, 어떤 해는 국어. 의미 있는 통계를 내기엔 아직 내 교사 경력이 짧다. 그래도 공통점은 분명하다. 몸보다는 머리를 많이 써야 하는 과목이다.

그렇다면 가장 중요한 질문.

내가 초등학교 때 가장 좋아했던 과목은 무엇일까?

국어? 수학? 사회? 과학? 체육?

땡.

난 컴퓨터 시간을 가장 좋아했다.

○

초등학교 '컴퓨터' 시간에 나는 무엇을 배웠나 떠올려보았다. 선명하게 기억나는 것은 양손 검지를 키보드의 오돌토돌한 부분에 올려야 한다는 것. 나머지 손가락은 자연스럽게 그 옆에 두라는 것. 그 후에 반복해서 연습했던 '나날이 나날이 있고'. '있'을 칠 때 쌍시옷은 shift 버튼과 ㅅ 버튼을 함께 누르라는 것.

부끄럽게도 이게 전부다. 대체 난 초등학교 내내 무엇을 배운 것인가?

　선생님 죄송합니다.

　컴퓨터실에 가면 뒤통수가 예쁘게 튀어나온 모니터가 우릴 반겼다. 컴퓨터실 뒤쪽 벽엔 거울이 있었다. 선생님께서는 그 거울로 우리가 무엇을 하는지 다 보인다며 딴짓하지 말라고 경고하셨다. 컴퓨터 게임에 환장하던 우리였지만, 그 거울이 무서워 감히 하지 못했다. 가끔 용기 있는 녀석들이 몰래 게임을 시도했지만, 순식간에 발각되고 처참한 최후를 맞이했다.

　"K! 너 뒤로 가서 서 있어. 이번 시간에 넌 컴퓨터 금지야."

　선생님께서는 유혹을 견뎌낸 학생에겐 보상을 주었다. 늘 10분 정도 수업을 빨리 끝내시고는 말씀하셨다.

　"이제 남은 시간은 타자 연습하세요!"

　이는 스승과 제자 사이에 통하는 텔레파시였다.

　"이제부터 자유시간입니다!"

　라는 뜻을 가진.

　타자 연습을 하지 않는 게 뻔히 거울로 보일 텐데도 선생님께서는 눈 감아 주셨다. 심지어 컴퓨터 한 대에서 두 명이 함께 게임을 하고 있어도 선생님은 못 본 척하셨다. 컴퓨터실이 너무 소란스러울 때 한마디씩 던지시는 게 다였다.

"다들 조용히 타자 연습합시다!"

○

컴퓨터실에 있는 컴퓨터는 사양이 아주 나빴다. 속된 말로 '똥컴'이었다. 게임다운 게임은 할 수 없었다. 그래서 정말로 타자 연습을 하는 친구들도 많았다. '한컴 타자 연습'에는 '산성비'라는 게임이 있었다. 단어가 하늘에서 비처럼 내려온다. 우리가 할 일은 내려오는 단어를 빠르게 타자로 치는 것이다. 타자로 친 단어는 사라지고, 미처 치지 못한 단어가 바닥까지 내려오면 게임은 끝이 난다. 단계가 높아질수록 비가 내리는 속도가 빨라진다. 우리는 경쟁하듯 이 게임을 했다. 나도 모르게 타자가 늘었다.

고학년 때는 주로 긴 글 연습으로 대결을 했다. 가장 인기 있는 글은 '메밀꽃 필 무렵'이었다.

"여름장이란 애시당초에 글러서 해는 아직 중천에 있건만 장판은 벌써 쓸쓸하고 더운 햇발이 벌려 놓은 전시장 밑으로 등줄기를 혹혹 볶는다.”

　라는 문장으로 시작하는 긴 단편 소설을 최대한 빠르게 치기 위해 키보드를 두들겼다. 확실하게 승리하지 못하면 논란도 많았다. 주로 속도와 정확도 중 무엇에 가중치를 두어야 할지를 두고 논쟁이 벌어졌다. 그럴 때면 주위 친구들이 ‘이 정도면 무승부’ 라고 판정하며 큰 싸움이 벌어지지 않도록 막았다.

　‘똥컴’ 에서도 되는 게임이 있었다. 야후 꾸러기, 쥬니어 네이버 같은 곳에 올라온 플래시 게임이나 ‘피카츄 배구’, ‘공 튀기기’, ‘건물 부수기’, ‘똥 피하기’ 같은 저사양 게임은 컴퓨터실에서도 얼마든지 할 수 있었다. 저사양 게임이라 해서 재미도 저사양은 아니었다. ‘피카츄 배구’ 최강자가 되기 위해 남몰래 집에서까지 연습하는 이들도 있었다. 집에서 수도 없이 연마한 기술을 컴퓨터실에서 선보이며 친구들을 좌절시키고, 혹시 집에서 연습했냐는 친구들의 물음엔
　“누가 집까지 가서 이런 게임을 하냐? 컴퓨터실이니까 어쩔 수 없이 하는 거지.”
　라며 뻔한 거짓말을 하는 이들이 분명 있었다.

　혹시 내가 아니냐고? 설마. 그럴 리가.
　근데 어떻게 그렇게 잘 아냐고?

음. 그건 말이지….

그냥 알아 그냥.

○

지금 초등학교 교육과정에 '컴퓨터 시간'은 없다. 다만 국어, 사회, 실과, 수학 등 대부분 과목에서 컴퓨터를 활용하는 시간이 있다. 그때마다 아이들과 함께 컴퓨터실을 간다.

이젠 거울보다 더 강력하게 학생들을 감시할 수 있다. 내 컴퓨터 속엔 모든 아이의 화면이 보인다. 지금 누가 무엇을 하는지 한눈에 알 수 있다. 이 사실을 아는 아이들도 감히 다른 행동을 할 용기를 내지 못한다. 30분쯤 수업을 하면 스승님들의 가르침이 떠오른다. 내가 배운 그대로 아이들에게 말한다.

"이제부터는 남은 시간 동안 각자 타자 연습하세요!"

그리고는 조용히 아이들 화면이 보이는 내 모니터를 끈다. 마음속으로 이렇게 외치며.

'모두 남은 시간은 자유롭게 보내거라.'

그런데 갑자기 여기저기서 들리는 목소리!

"선생님 Y 타자 연습 안 하고 게임해요!"

"선생님 타자 연습 안에 있는 게임은 해도 돼요?"

"선생님, 얘는 아무것도 안 하고 있는데 괜찮아요?"

"선생님, 타자 연습 안 하고 그냥 컴퓨터 끄면 안 돼요?"

터져 나오는 민원에 어쩔 수 없이 대답한다.

"네네! 타자 연습 안 해도 되고, 컴퓨터 끄고 아무것도 안 해도 됩니다. 자유롭게 자기 하고 싶은 것 하세요!"

○

스승님.

얼마나 더 수련해야 말없이 마음을 전달할 수 있을까요.

공룡

어렸을 땐 누구나 공룡 전문가였다. 가장 강력한 티라노사우루스, 코뿔소처럼 생긴 트리케라톱스, 낙타 같은 혹을 가진 스피노사우루스, 상어를 닮은 모사사우루스, 도마뱀 같은 골판을 가진 스테고사우루스. 아파트와 이름이 비슷한 아파토사우루스. 이 정도는 누구나 알았다. 어떤 공룡은 육식동물, 어떤 공룡은 초식동물인지 우린 달달 외우고 다녔다. 그 누구도 시키지 않은, 자발적으로 한 공부였다.

나도 공룡 하면 빠지지 않았다. 유치원에서 어느 누군가 내가 모르는 공룡 이야기를 할 때가 있었다.

"아기공룡 둘리는 말이 안 돼. 둘리는 '케로토사우르스'야. 코처럼 보이는 하얀 부분은 사실은 코가 아니라 뿔이야. 아 그게 중요한 게 아니야. 진짜 문제는 둘리 엄마가 '브라키오사우루스'라는 거야. 엄마는 초식동물인데, 아들은 육식동물이야. 말도 안 되는 이야기지.

친구의 말에 나도 모르게 빠져들었다. 두 공룡을 외우려 애썼다.

'케로토사우르스, 브라키오사우루스, 케로토사우르스, 브라키오사우루스, 케로토, 브라키오, 케로토, 브라키오.'

집에 오자마자 '공룡 대백과' 책을 펼쳤다. 남모르게 하는 팩트체크였다. 친구 말이 맞았다. 케로토사우루스 '음…. 저 녀석 말이 맞네.'

가끔 틀린 부분을 발견하면 어김없이 다음날 친구에게 가서 따졌다.

"야! 네가 어제 기가노토사우루스가 티라노사우루스보다 더 세다고 했잖아. 근데 그거 말이 안 돼. 기가노토사우루스는 전기 백악기에 살았고, 티라노사우루스는 후기 백악기에 살았어. 그러니까 둘은 싸워본 적이 없단 말이지. 그런데 누가 더 강한지를 어떻게 알아! 완전 엉터리야 엉터리."

누구나 친구 가슴에 비수를 꽂는 말 한 번쯤은 하는 법이지만, 보다시피 나는 너무 심했다.

○

　좀 더 자란 초등학교 2학년 때, 친구가 새로운 공룡을 소개
해줬다.

　"너 '디노사우루스'라는 공룡알아?"

　공룡 좀 안다고 생각했는데, 난생처음 들어보는 공룡 이름
이었다.

　"아니, 모르는데? 어떻게 생겼는데?"

　"약간 티라노랑 비슷하게 생겼어. 우리 집에 있는 게임에
나와. 다음에 놀러 오면 보여줄게."

　집에 와서 다시 '공룡 대백과'를 펼쳤다. 아무리 뒤져도
나오지 않았다. 공룡 대백과가 너무 구식이라 그런가. 책장 속
에 먼지만 가득하던 백과사전도 펼쳐보았다. 역시나 나오지
않았다. 디노사우루스가 대체 뭐지. 아. 너무 궁금하다.

　다음 날 친구에게 말했다.

　"디노사우루스를 아무리 찾아도 안 나와. 너희 집에 가서
한번 보자."

　"그래. 분명 있다니까. 오늘 갈까?"

　"나 엄마한테 허락받아야 하는데. 허락받고 갈게."

　"좋아!"

　엄마에게 허락받고, 친구 집에 갔다. 가는 길에도 디노사우

르스의 정체가 너무 궁금했다. 친구 집에 도착하자 친구 엄마께 인사를 하고, 친구 방으로 갔다. 친구는 게임 CD를 꺼냈다. 공룡과 사냥꾼 그림이 그려진 CD 위엔 게임 이름이 크게 적혀 있었다.

'캐딜락 앤 디노사우르스'

디노사우르스가 정말로 있네? 공룡 대백과에도 안 나와 있는 공룡이 있다니…. 역시 배움은 끝이 없구나. 그런데, 그 아래 작게 쓰여 있는 영어 제목을 발견했다.

'Cadillac and Dinosaurs'

디노사우르스의 정체는 '다이너소어'였다. 역시 공룡 대백과엔 없는 공룡이 없구나. 친구에게는 이 사실을 알리지 않았다. 대신 이렇게 말했다.

"이야! 진짜 디노사우르스 완전 티라노랑 똑같이 생겼다!"

○

티라노사우루스보다 50배 큰 전설의 공룡도 있었다. 그 이름은 '용가리'. 나는 '용가리'를 영화관에서 봤다. 지금은 사라져버린 '광주 무등극장'에서. 영화 내용이 흐릿하게 기억난다. 용가리가 서울 한복판에 나타났고, 군인들은 용가리를 막기 위해 애쓴다. 전투기를 탄 군인들은 모두 서프라이즈 재연 배우 느낌이 나는 백인이었다. 자세한 줄거리는 기억 나지 않는다. 결말도 기억나지 않는다. 그래도 기억나는 걸 뽑아보자면

이 영화를 엄마와 함께 봤다는 것.
나는 꽤 재밌게 봤다는 것.

○

사랑하면 알게 된다. 공룡을 사랑하다 보니 알게 된 게 정말 많다. 구구단도 모르던 아이가 천만 단위의 숫자를 익혔고, 25kg도 안 되는 아이가 '1톤'이 1,000kg이라는 것을 배웠다. '옛날 옛적에'라는 말을 '전기 백악기', '후기 백악기'처럼 나누게 되었고, 그토록 강하던 공룡도 대자연의 심술 앞에선 무력하다는 것을 느끼게 되었다.

달달 외우던 수많은 공룡은 다 머릿속에서 사라졌다. 이 공룡이 풀을 먹던, 고기를 먹던 관심 없다. 누군가와 공룡 이야기를 해본 게 언제던가. 기억도 나지 않는다.

조금씩 공룡을 잊어가며
서서히 어른이 되었다.

○

갑자기 궁금하다.
아이들은 왜 그렇게 공룡을 좋아할까?

한 가지 더 궁금하다.
용가리와 킹콩이 싸우면 누가 이길까?

선이 사라진 세상

얼마 전 에어팟을 잃어버렸다. 택시에서 내릴 때 떨어뜨린 듯하다. 완전히 잃어버렸으면 깔끔하게 새로 살 텐데, 한쪽만 잃어버렸다. 둔한 사람이지만 꼴에 또 음질에는 예민해서 이어폰 한쪽만 끼고 음악 듣는 건 싫다.

에어팟을 새로 사야 하나.
고민된다. 고민돼.

에어팟을 처음 본 날이 생각난다. 지하철이었다. 분명 누군가의 귀에 이어폰이 있는데 선이 없었다. 낯설었다. 귀에 콩나

물을 끼고 있는 그 사람이 외계인처럼 보였다. 이젠 외계인들이 지구를 점령했다. 나조차도 외계인이 되었다. 다시 유선 이어폰을 쓰자니, 주렁주렁 달린 선이 어딘가 불편하다. 조금 창피하기도 하다. 누군가 '아직도 저런 이어폰을 쓰는 사람이 있네' 하며 은밀하게 놀리면 어쩌나.

에어팟을 새로 사야 하나.
고민된다. 고민돼.

○

우리 집 전화기엔 스프링처럼 꼬불꼬불한 전화선이 있었다. 생긴 모양처럼 잘 늘어났지만, 한계가 있었다. 우린 전화기 앞에 얌전히 앉아서 전화를 했다. 가끔 전화하다가 메모를 해야 할 때면 앉은 채로 연필꽂이를 향해 손을 뻗었다. 아무리 뻗어도 닿지 않아 몸을 조금 일으키면 전화기는 우당탕 소리를 내며 땅바닥에 떨어졌다. 그냥 수화기를 잠시 내려놓고 가져오면 되는데.

욕심은 언제나 화를 부른다.
미련하다. 미련해.

○

얼마 전 친구가 우리 집을 놀러 왔다. 친구는 운전하며 말했다.

"여기도 전봇대가 하나도 없네. 요즘 신도시들은 다 이렇게 만든다더라. 깔끔하고 좋다."

그제야 알게 되었다. 우리 동네에 전봇대가 없다는 것을.

전단지가 가득 붙어 있던 전봇대. 사다리를 타고 그곳을 오르시던 '안전 제일' 헬멧을 쓴 아저씨. 전봇대에 보금자리를 짓던 까치. 빨랫줄처럼 주렁주렁 걸려있던 전선. 그 풍경은 어디로 사라졌을까? 친구에게 물었다.

"그럼 우리 동네는 전기를 어떻게 쓰는 거지?"

친구가 대답했다.

"요즘은 다 전선을 땅속에다 설치한다더라."

아. 그렇구나. 전선이 다 땅속으로 들어갔구나.

하늘도 못 보고 답답할 텐데. 괜찮으려나.

걱정된다. 걱정돼.

○

　　에어팟을 한쪽만 살 수 있다는 사실을 알게 되었다. 그런데
한쪽 가격도 만만치 않다. 쪼끄마한 게 더럽게 비싸다. 아….
내가 왜 택시에서 그걸 떨어뜨렸을까.

　　후회된다. 후회돼.

주판

영화 '위대한 쇼맨'을 재미있게 봤다. 가난한 양복장이의 아들 바넘. 그는 다니던 회사가 파산하여 실직하게 된다. 하지만 바넘은 절망하지 않는다. 거액의 돈을 은행에서 빌리고 위대한 쇼를 기획한다. 그 쇼의 주인공은 바로 특이한 사람들이다.

세상에서 가장 뚱뚱한 사람, 키가 2m가 넘는 사람. 털보 여자. 왜소증 청년. 온몸이 문신인 남자. 공중곡예를 하는 흑인 남매. 쇼는 대성공한다. 늘 소외되었던 이들도 쇼를 통해 자신감을 얻는다. 아픔과 슬픔의 이야기도 있지만, 영화를 소개하려던 것은 아니니, 궁금하다면 영화를 직접 보시길.

○

진짜 하고픈 말은 뭐였더라? 아. 생각났다. 우리나라에도 신기한 사람들이 정말 많았다. 어렸을 때 TV에서는 그런 사람들이 참 많이 나왔다. 그 시작은 '기인열전'이었다. 프로그램 이름처럼 다양한 기인들이 출연했다. 팽이를 요요처럼 신명 나게 가지고 노시는 팽이 어르신. 물구나무 서서 하모니카를 부는 뽀빠이 할아버지. 쌀가마를 줄로 묶어 이빨로 들어 올리는 강철 치아남. 외발자전거로 사방을 휩쓸던 두 초등학생. 이뿐이랴? 테니스 라켓도 가뿐히 통과하던 연체 인간 통 아저씨. 세계적인 마술사가 된 이은결 씨. 이들도 모두 '기인열전' 출신이다.

이 바통은 '스타킹'이라는 프로그램에서 이어받았다. 역시나 다양한 기인들이 출연했다. 어떤 물체든 균형을 잡아 세울 수 있는 남자, 누워서 피아노를 치는 사람처럼 한 번 나도 시도해볼까? 하는 재주를 가진 사람도 있었고, 장풍으로 연예인들을 픽픽 쓰러뜨리는 아저씨, 최면을 걸어 아이돌 가수를 딱딱한 나무 막대처럼 굳어버리게 했던 남자처럼 의심스러운 사람도 있었지만, 뭐. 믿거나 말거나. 중요한 건 아니고.

○

우리 가족. 특히 엄마가 주의 깊게 봤던 것은 머리 좋은 천재들이었다. 한자 3,500자를 7일 만에 외워버리는 암기왕 할아버지. 원주율을 천 자리까지 외우던 암기 총각. 3살에 이차방정식을 풀었다는 5살 아이. 영어 비디오를 자막 없이 보고 입에서 영어가 술술 나오기 시작했다는 초등학생.

도대체 한자를 왜 굳이 7일 만에 외워야 하고, 원주율을 천 자리까지 외워야 하며, 이차방정식을 중학교 2학년이 아닌 3살에 꼭 풀어야 하는지, 나는 왜 영어 비디오를 아무리 자막 없이 봐도 영어로 말할 수 없는지 알 수는 없었지만, 그들을 보며 나는 한없이 작아졌다.

○

그래도 조금 덤벼볼 만한 생각이 드는 상대도 있었다. 무작위로 숫자를 던져줘도 단숨에 암산해서 답을 내던 암산 천재 소년. 나도 열심히 머리를 굴리면 그를 이길수도 있지 않을까 생각했다. 진행자가 내는 퀴즈를 함께 풀었다. 쉬운 문제는 천재 소년과 내가 거의 비슷하게 답했다. 혹시 나도 천재인가? 하는 생각이 들 때쯤 문제는 점점 복잡해졌다. 점점 머리가 복잡해지는 나와는 다르게 천재 소년은 여전히 바로바로 답을 냈다. 그에겐 모든 계산 문제가 1+1과 크게 다르지 않은 것 같았다. 엄마는 그를 보며 한 마디 던졌다.

"쟤는 머릿속에 주판이 들어있나 보다."

주판? 티비장 아래 서랍 속에 있는 그 주판? 계산기가 나오고 나서 더 이상 쓸모 없어졌다고 생각한 그 주판? 엄마에게 물었다.
"그럼 계산기로 하는 게 더 빠르잖아."
엄마는 대답했다.
"아니지. 계산기는 뚜드리는 시간이 있잖아. 주판이 머릿속에 있으면 훨씬 빠르지."
방송에서는 엄마와 내가 나눈 대화를 엿들은 듯이, 계산기를 앞에 둔 진행자와 천재 소년의 계산 대결을 펼쳤다. 소년은 압도적으로 승리했다. 진행자가 어떻게 그렇게 계산을 빨리하는지 묻자. 소년은 대답했다.
"머릿속에서 주판을 굴려요!"

엄마 말이 맞았다. 엄청난 계산 속도의 비밀은 주판이었구나.

나도 저 주판만 마스터한다면 암산 천재가 될 수 있겠구나. 순식간에 계산하고, 선생님도 놀라고, 친구들은 부러워하고, TV에도 나오고.

그래. 주판을 배워야겠다.

◯

나는 서랍장을 열어 주판을 꺼냈다. 윗줄에는 알 하나, 아랫줄에는 알 네 개가 있었다. 혼자서 알을 올렸다 내렸다 해보다가, 엄마한테 물었다.
"엄마, 이거 어떻게 하는 거야?"
엄마는 능숙한 솜씨로 주판을 튕기며 대답했다.
"이렇게, 이렇게 올리고, 이렇게 이렇게 내리고, 이렇게 하면 되는 거야."

엄마는 훨씬 더 자세하게 설명했지만, 나는 전혀 이해하지 못했다. 주산을 배우기보다는 계산 천재가 되어 TV에 나오겠다는 결심을 포기하는 게 더 나은 선택 같았다. 나는 이솝 우화에 나오는 여우처럼 생각하며 마음을 지켰다.

계산 빨라서 뭐 해. 진짜 쓸모없겠다.

○

그때부터 주판은 나에게 장난감이 되었다. 주판으로 할 수 있는 놀이는 많았다.

첫째, 은행원 놀이. 80년대 은행원처럼 엄지와 검지로 능숙하게 주판알을 튕겼다. 물론 주판의 원리는 전혀 몰랐다. 마음속으로 이렇게 말하면서 하면 더 재밌었다.

"이렇게 이렇게 올리고, 이렇게 이렇게 내리면 네! 53만 원입니다. 입금해드릴까요?"

둘째, 자동차 놀이. 주판은 버스를 닮았다. 주판알은 바닥에서 제법 잘 굴러갔다. 다른 장난감 자동차와 함께 굴려 누가 더 멀리 나가나 시합을 했다. 주판은 늘 졌다.

셋째, 롤러스케이트 놀이. 주판 두 개를 발로 밟고 롤러스케이트 타듯 방 안을 누빈다. 물론 잘 굴러가진 않지만, 상상력이 중요하다. 여긴 방 안이 아니다. 빙상 경기장이다. 안톤 오노에게 억울한 패배를 당한 김동성 선수. 그의 복수를 해줄 사람이 바로 나다. 이렇게 상상을 한 뒤 최선을 다해 스케이트를 탄다. 이 놀이는 엄마가 없을 때 하길 추천한다.

○

한때 취업 준비생에게 토익, 토플보다 더 중요한 것이 주산 실력이었다고 한다. 은행에 취직하려면 필수적으로 주판을 다룰 수 있어야 했고, 공무원도 주산 급수 자격증이 있으면 가산점을 주었다고 한다. 학교에서도 주산을 잘해야 영재 소리를 들을 수 있었고, 그래서 70년대~80년대에는 주산학원이 여기저기 생겨났다고 한다. 역시. 사교육의 나라다.

암산 천재소년 방송 이후로 다시 한 번 주산학원 붐이 일었다. 내가 살던 지방까지도 주산학원이 여러 군데 생겼다. 동네 주산학원 간판을 볼 때마다 암산 천재소년을 뚫어지게 보던 엄마가 생각나 걱정되었다.
'엄마가 혹시나 나를 저곳에 보내면 어떡하나. 게임 해야 하는데.'
다행히도 엄마는 주산학원에 별 관심이 없었고, 불행히도 주산학원은 얼마 지나지 않아 하나둘 사라졌으며, 불행 중 다행으로 나는 계산을 적당히 잘하는 초등학생이 되었다.

　학원을 보면 세상이 바뀌는 방향을 대략 알 수 있는 것 같다. 한때 인기였던 주산학원, 한문학원, 서예 학원. 웅변학원 등은 많이 사라졌다. 그땐 계산을 잘하고, 한문을 많이 알고, 글씨를 잘 쓰고, 당당하게 말하는 사람이 성공한다고 믿었겠지. 하지만 세상은 늘 예상대로 흘러가지만 않았다. 갑작스럽게 컴퓨터가 등장했고, 뒤늦게 컴퓨터 학원이 여기저기 생겨나더니 또 빠르게 사라졌다. 요즘은 코딩 학원이 인기던데 또 어떻게 되는지. 내가 가르치는 학생들에겐 어떤 능력을 기르라고 가르쳐야 할지. 고민이 많다.

○

　암기천재소년은 요즘 어디서 무엇을 하며 지낼까?

　여전히 빛처럼 빠른 속도로 계산을 하며
　잘 지내고 있으면 좋겠다.

#2

자네 아직 거기 있었소?

필름 카메라

얼마 전 휴대폰에 경고 메시지가 떴다.

'기기의 저장 공간이 가득 찼습니다.'

처음부터 좀 더 용량이 큰 걸 살걸... 생각하며 안 쓰는 앱을 하나씩 지운다. 꽤 많이 지웠다고 생각했는데 좀처럼 저장 공간은 늘어나질 않는다. 이대로는 안 된다. 범인을 찾아야 한다. 휴대폰 설정에 들어가니, 저장 공간을 전체적으로 볼 수 있는 그래프가 있었다. 범인은 사진이었다.

사진은 휴대폰 저장 공간의 60% 이상을 차지했다. 난 별로 사진을 찍지 않는다고 생각했는데, 아니었나 보다. 저장된 사진을 본다. 참 많다. 오래된 추억부터 오늘의 순간까지 모두 남아있다. 안타깝지만, 지워야 한다. 하나둘 골라낸다. 찍어놓고 한 번도 다시 보지 않은 사진이 대부분이다. 언제든 찍을 수 있게 되니, 오히려 안 보게 된다.

셔터 한 번 누를 때 아주 신중하던 시절이 있었다. 사진 한 장을 소중히 여기던 시절이 있었다. 사진을 찍기 위해 작은 구멍에 윙크해야 했던…. 한 번 찍고 태엽 감듯이 필름을 감아야 했던…. 사진을 찍고 나서 잘 나왔는지 바로 확인할 수도 없던…. 동그란 통에 필름을 담아 설레는 마음으로 사진관에 들어가던…. 모두가 필름 카메라를 사용하던. 그 시절.

○

아빠는 여행을 좋아했다. 주말만 되면 우리 가족을 데리고 전국을 누볐다. 그때 꼭 필름 카메라를 챙겼다. 실수로 챙기지 못했더라도 괜찮았다. 관광지엔 늘 일회용 필름 카메라를 파는 아저씨들이 계셨다.

멋진 풍경이 보이면 아빠는 언제나 우리를 멈춰 세웠다.

"여기 한 번 서봐!"

엄마, 누나, 나는 걸음을 멈추고는 아빠를 바라보며 돌아섰다.

아빠는 아주 작은 카메라 구멍에 눈을 가져다 대고 외쳤다.

"하나, 둘, 셋! 김치~~"

지금 보니, 아빠만 안 나온 사진들이 참 많다.

그땐 '찰칵' 하는 타이밍에 '김치'라고 외쳤다. '김치' 대신 '치즈'를 외치기도 했다.

'치' 발음을 하면 자동으로 입꼬리가 올라가 미소 짓는 효과가 있어서 그런 듯하다. 하지만 각자 마음속 박자가 미세하게 다르다 보니, '김'을 외치는 타이밍에 셔터가 눌려 입이 오므려진 사진이 나오기도 하고, 오히려 미소보다 '치'를 외칠 타이밍에 더 집중하다가 표정이 굳는 등 부작용이 많았다.

○

찍은 사진을 바로 확인할 수도 없으니, 제대로 찍은 건지 아닌지도 알 수 없었다. 필름을 사진관에 맡기면, 며칠을 기다려야 했다. 사진관 아저씨는 봉투에 인화한 사진과 우리가 맡긴 필름을 넣어주셨다. 약 봉투처럼 생긴 봉투를 들고 기대감과 함께 집으로 갔다. 집에 도착하자마자 사진을 꺼내 보았다. 참 웃긴 사진이 많았다. 눈 감은 사진, 옆을 돌아본 사진, 빛이 잘못 들어가 하얗게 변해버린 사진. 그중에 잘 나온 사진을 고르는 것도 우리의 임무였다. 고르고 골라 살아남은 사진들은 포근한 앨범 속으로 들어간다. 그들은 그곳에서 쉬며 가끔 우리에게 추억을 선물한다. 지금까지도….

○

사진 찍기 좋은 세상이다. 언제 어디서나 찍을 수 있다. 멋진 장소를 갈 때, 맛있는 음식을 먹을 때, 사랑하는 사람과 함께 할 때, 우린 바로 스마트폰을 꺼낸다. '찰칵' 사진을 찍는다. 사진이 잘 나왔는지 확인도 바로 가능하다. 마음에 들지 않으면 다시 찍는다. 무겁게 앨범에 넣을 필요도 없이 휴대폰에 저장된다. 터치 몇 번이면 사람들과 공유도 가능하다. 화질도 그 시절 필름 카메라와 비교가 안 된다.

이렇게 좋은 세상인데...
왜 갑자기 또 필름 카메라 생각이 나는지….
참 알다가도 모르겠다.

저 아이는 대체
어떤 잘못을 저질렀길래.
누나가 저리
화가 났을까.

궁금하다. 궁금해.

만 원의 행복

물가가 미쳤다. 끼니마다 느낀다. 혼자서 먹어도 만 원은 기본이다. 방심하면 금세 15,000원이 된다. 집에서 먹어도 마찬가지다. 밖에서 먹는 삼겹살이 비싸게 느껴져 집에서 구워 먹었다. 고기, 마늘, 양파, 상추를 사고 나니 그 돈이 그 돈이었다. 괜히 집에 고기 냄새만 뺐다.

내 월급만 빼고 다 올랐다는 말. 월급은 통장을 스칠 뿐이라는 말. 이제는 우습지 않다. 무섭다. 월급날 설렘이 사라지고, 안도의 한숨만 남았다. 하…. 이번 달도 버텼구나. 한 집안의 가장이 되었는데. 남은 날은 어떻게 해야 하나. 이래서야 아기는 낳을 수 있을까? 큰 집으로 이사 갈 수 있을까?

○

20년 전, '만 원의 행복'이라는 TV 프로그램이 있었다.
우리가 동경하던 스타들. 그들이 만원으로 일주일을 살아가는
내용이었다. 매주 두 명의 연예인이 게스트로 나온다. 그들은
오직 만 원권 지폐 한 장을 받는다. 일주일 뒤, 돈을 더 적게
쓴 참가자가 승자가 된다. 승자는 상품을 받고, 패자는 벌칙을
받는다. 방송을 보는 그 시간만큼은 화려한 스타도 나와 비슷
한 처지였다.

만 원의 행복 제작진은 악명 높았다. 온종일 참가자들을
쫓아다니며 감시했다. 다른 사람이 준 음식도 함부로 먹을 수
없었다. 모두 제작진이 적절한 가격을 매겨서 차감했다. 화장
실에서 몰래 먹은 음식도 제작진은 쓰레기통을 뒤져서 찾아냈
다. 참 지독한 사람들이었다.

숨통을 열어주는 규칙도 있었다. 집에서 먹는 식사는 계산

하지 않았다. 교통비와 물도 공짜였다. '태진아' 씨는 이를 최대한 활용했다. 그는 스케줄이 끝날 때마다 차를 타고 집에 가서 밥을 먹었다. 바쁜 틈에도 식사를 꼭 챙기려는 의지에 웃음이 터져 나왔다.

일주일에 한 번 지인에게 음식을 얻어먹을 수 있는 '빌붙기 찬스'도 있었다. 개그맨 '장동혁' 편이 기억난다. 그는 빌붙기 찬스를 쓰기 위해 선배 '김구라'를 찾아갔다. 짜장면을 사달라는 후배에게 김구라는 호탕하게 웃으며 말한다.

"내가 잘 아는 중국집 있어. 거기로 가자."

그리고선 도착한 곳은 바로 편의점! 김구라는 후배에게 냉동 짜장면을 선물한다. 한 번뿐인 찬스를 이렇게 날려버리고, 편의점에서 쓸쓸하게 전자레인지에 돌린 짜장면을 먹는 장동혁의 모습. 아직도 생생하다.

에픽하이의 '타블로' 편을 나는 가장 좋아한다. 그는 프로그램의 취지를 이해하지 못한 듯, 돈을 아끼지 않았다. 꼼꼼하게 따지며 소비하던 상대 게스트 '서지영'과는 아주 달랐다. 이미 승부는 정해져 있었지만, 그가 얼마나 썼을까 궁금했다. 최종 결과. 그는 9,997원을 썼다. 남은 돈은 딱 3원! 타블로는 말했다.

"저는 오히려 평소보다 더 잘 살았습니다."

만 원은 누군가에겐 크나큰 행복이었다.

나에게도….

○

엄마는 월요일에 용돈을 주셨다. 일요일 개그콘서트가 끝나면 학교에 가야 한다는 불안감과 용돈을 받는다는 설렘이 공존했다. 내 일주일 용돈은 5,000원. 그중 2,500원은 통장에 저축했다. 번 돈의 절반은 저축하라. '열두 살에 부자 된 키라'의 가르침이었다. 그럼 남는 돈은 2,500원.

2,500원으로 할 수 있는 게 참 많았다.

문구점 소시지 100원. 양념 쥐포 100원. 철권 한 판 100원. 프로레슬링 게임은 200원. 떡꼬치 200원. 새콤달콤 200원. 소프트아이스크림 300원. 컵 떡볶이 500원. PC방 한 시

간 500원. 닭꼬치 700원. 김밥 한 줄 1,000원. 라면 한 그릇
1,500원.

이를 적절히 조합해 일주일을 보냈다. 2,500원만으로도
그땐 행복했다.

○

아빠에게도 '만 원의 행복'은 있었다.
아빠 학원 앞 국밥집. 아빠는 그곳에 종종 나를 데려가셨다.
"요즘은 참 밥 먹을 데 찾기도 힘들어야잉. 요즘 점심은
맨날 여기서 먹는다."
따끈한 국물에 머리 고기가 잔뜩 들어 있었다.
가격은 5천 원이었다.

그런데 어느 날. 아빠가 평소처럼 국밥을 먹자고 하더니
다른 방향으로 갔다. 혹시나 아빠가 착각한 게 아닐까. 이곳은
아빠 나와바리인데…. 걱정되었다. 아빠가 몇 살이더라? 벌써
은퇴할 나이가 된 건가…. 아직 나는 중학생인데….
내 속마음을 알아차린 건지. 아빠는 다른 방향으로 가는 이

유를 말했다.

"그때 그 국밥집은 6,000원이 되어브럿어…. 저쪽은 아직 5,000원이여. 요즘은 그래서 저기로 간다. 6,000원이면 만 원으로 두 번 못 먹잖아…. 전에 먹어보니께 저기도 맛이 괜찮아."

만 원.
적어도 두 끼 식사는 해결해 줘야 마땅했던 돈.
지금은 한 끼 식사만 해결해 줘도 감사한 돈.

○

지금 자라나는 아이들에게 '만 원'은 어떤 의미일까?
궁금했다. 이럴 땐 매일 학생들을 마주하는 직업이라는 게 참 감사하다. 아이들에게 물었다.
"혹시 길 가다 만 원을 주우면 뭐 하고 싶어?"

여기저기서 대답이 튀어나왔다. 한 대답이 귀에 꽂혔다.

"주인 찾아줘야죠!"

아…. 그렇지…. 주인 찾아줘야지.

'그래. 역시 내 제자다.' 생각하며 질문을 슬쩍 바꿨다.

"그러면 선생님이 그냥 만 원을 준다고 생각해 봐! 그럼,
뭐 하고 싶어?"

"선생님 진짜로 주시는 거예요??"

아니. 아니. 그게 아니라.

"와…. 진짜 좋겠다."

그래 나도 진짜 줄 수 있으면 좋겠다.

"선생님, 만 원 있어요?"

아. 내가 그래도 만 원 정도는 있지.

"근데 갑자기 왜 줘요?"

아니…. 준다는 게 아니라. 그냥 상상….

한참을 헤맨 끝에 드디어 제대로 된 답변을 들을 수 있었다.

"마라탕 한 그릇 먹고 탕후루 먹으면 끝날 거 같은데요?"

"만 원 들고 놀러 나갔다가, 인생네컷 찍고 카페 가니까
돈 다 떨어져서 그냥 집 왔어요!"

"돈 아깝게 카페를 왜 가! 편의점 가서 컵라면 먹고 음료
수 먹어도 3,000원이면 되는데!"

"pc방이 최고예요. 근데 음식은 비싸서 게임만 해요."

만 원이 있다고 상상하는 아이들의 표정이 참 맑았다.

예전만큼은 아니지만,
만 원은 아직도 많은 걸 할 수 있는 돈이구나.
내가 잊어버린 만 원의 행복을 너희는 아직 느끼고 있구나.

참 다행이다.

○

자본주의 사회에서 인플레이션은 필연적이다. 물가는 점점 오를 것이고, 만 원의 행복은 조금씩 줄어들 것이다. 그리고 언젠가는 사라질 것이다. 먼 훗날 아이들은 만 원의 행복을 모르겠지.

내 아무리 일개 얼치기 선생이지만. 이를 두고 볼 수만은 없다. 그래서 소심하게 제안한다.

우리 모두 다 함께 가격에서 0을 하나 빼자!
1,000원은 100원. 10,000원은 1,000원.
아메리카노는 400원. 치킨은 2,000원.
만 원이면 치킨이 다섯 마리. 아메리카노가 25잔.

음…. 이러면 다음 세대까진 충분히 만 원의 행복을 누릴 수 있겠군.

역시 난 너무 똑똑해

아! 내 월급은?

아니…. 진짜 하자는 게 아니라. 그냥 상상….

두발 검사

가르쳤던 학생들이 얼마 전 졸업을 했다. 매년 만남과 헤어짐이 일 년 단위로 반복되는 교직 생활이지만, 학생들 마음속 어딘가엔 내가 남아있으면 한다. 졸업 후 다시 볼 기회 없이 살아가더라도 모두를 응원한다.

내가 초등학교를 졸업한 날을 떠올려본다. 모두가 나를 향해 웃어주던 졸업식이 끝나고 가족과 함께 돼지갈비를 먹으면서 생각했다. '난 이제 백수구나. 초등학생도 중학생도 아닌 백수'. 웃기지도 않은 단상에 웃음이 터져 나왔다. 참 행복한 시절이었다.

행복은 오래가지 않았다. 겨울방학 동안 친구들은 중학교 괴담을 떠들어댔다. 중학교에 가면 한 학기에 두 번이나 시험을 본다더라, 아니 들어가기 전부터 '반 배치고사'라는 것을 본다더라, 이거 진짜 어렵다는데. 너는 뭐 이리 태평하냐. 너 이러다 진짜 시험 완전 망한다.

다른 친구는 말했다. 그게 중요한 게 아니다. 우리가 가는 중학교는 무조건 스포츠머리를 해야 한다. 아 진짜 머리 자르기 싫은데. 어떡하면 좋냐. 아니 근데 너는 뭐 이리 태평하냐. 너 머리 자르면 진짜 못생겼을 것 같은데. 걱정도 안 되냐?

○

나는 미래를 순순히 받아들였다. 겨울방학 동안 반 배치고사 문제집 몇 권을 샀다. 열심히 풀고 반 배치고사를 봤다. 긴장되는 입학 날. 담임 선생님께서는 나를 앞으로 불러냈다.
"맹비오. 너가. 우리 반 1등이네.
네가 우리 반 반장이다."

어리둥절했다. 반 1등이라는 오직 그 이유로 선거도 없이 반장이 되었다. 요즘 같았으면 뉴스에 나올 일이지만, 그 시절 나는 그런 학교에 다녔다. 어쨌든 나는 시험을 잘 봤다.

내가 시험을 망칠 것이라는 친구의 말은 완전히 빗나갔다.

겨울방학에 미용실도 갔다. 내가 중학생이 된다는 걸 잘 아는 미용실 아주머니께서는 나에게 먼저 물으셨다.
"스포츠머리로 할 거지?"
나는 짧게 대답했다.
"네."
윙윙. 바리깡 소리가 들리고, 머리카락은 점점 사라졌다. 머리를 다 자르고 손으로 머리를 쓰다듬었다. 사포처럼 까슬까슬했다. 안경을 쓰고 거울을 본 순간 참담했다. 거울 속엔 외계인이 있었다.

내가 진짜 못생겼을 것이라는 친구의 말은 정확했다.

○

학교에서는 철저하게 두발 검사를 했다. 매주 월요일, 선생님 한 분과 선도부 형이 정문을 지키고 있었다. 통과하지 못하면 작은 수첩에 이름을 적었다. 머리를 자르고 검사를 받아야 이름은 지워졌다. 일주일 내에 이름을 지우지 못하면 학교가 끝나고 남아 잡초를 뽑아야 했다. 월요일만 되면 늘 불안한 마음으로 학교에 갔다. 이번 주는 통과할 수 있을까…. 조금 머리가 길어졌다 느낄 때면 온갖 꼼수를 부렸다. 구레나룻을 귀 뒤로 넘겨보기도 하고, 왁스로 머리를 납작하게 눌러보기도 했다. 우스꽝스러워도 어쩔 수 없었다. 다시 외계인이 되긴 싫었다.

꼼수는 꼼수일 뿐이었다. 두발 검사는 교문에서만 하는 게 아니었다. 선생님들은 수업하다가도 갑자기 불심검문을 했다.

"너 머리가 왜 이렇게 길어?"

우리는 늘 뻔한 거짓말을 했다.

"네? 저번 주에 자른 건데요?"

결과는 좋지 않을 때가 많았다.

"이게 무슨 자른 거야? 엎드려뻗쳐! 퍽!! 퍽!!"

맞는 순간에도 선생님이 우리 이름을 기억하지 못했으면 했다. 머리를 자르지 않아도 된다면 얼마든지 맞을 수 있었다. 사춘기 소년들의 바람은 거의 이뤄지지 않았다. 몽둥이찜질이 끝나면 선생님들은 여지없이 수첩을 꺼내 우리 이름을 적었다. 그렇게 스승과 제자 사이는 조금씩 멀어졌다.

하루는 영어 선생님께서 수업하다가 우릴 안쓰럽게 쳐다보며 말씀하셨다.

"참…. 너희도 힘들겠다. 한창 머리도 길러보고 싶고 꾸미고 싶고 그럴 텐데. 학교에서는 머리를 빡빡 깎으라고 하고. 내가 봐도 심하긴 해. 너희도 다 개성이 있을 텐데. 그래도 어쩌냐. 여기 교칙이 이런걸. 나도 이 학교 선생이고, 어쩔 수가 없다."

우릴 이해해주는 어른이 있다는 사실에 감동했다. 영어 수업을 좀 더 열심히 듣겠다고 다짐했다.

한 달쯤 뒤, 그 영어 선생님께서는 수업 중에 갑자기 성난 목소리로 한 친구를 불러내셨다.

"K! 앞으로 나와봐!"

K는 어리둥절하게 뛰어나갔다. 그러자 영어 선생님께서는 인상을 쓰며 K의 머리를 이리저리 만졌다.

"야! 너 머리가 왜 이렇게 길어. 내일까지 자르고 검사 맡아!"

한 달 전의 그 사람이 맞나 싶었다.

그때 알게 되었다. 어른의 말은 믿을 게 못 된다는 것을.

　전교 회장 선거 때마다 후보자들은 '두발 자유' 공약을 들고나왔다. 그들은 반드시 '두발 자유'를 이뤄내겠다며 우리의 민심을 얻었다. 당선되고 난 후에 한 연설에서도 그들은 '두발 자유'를 말했다. 1학년 때는 그 말을 철석같이 믿었다. 이제 나도 머리를 기를 수 있겠구나. 기대감이 부풀어 올랐다. 하지만 두발 검사는 사라지지 않았다. 2학년 때도 기대를 버리지 않았다. '작년 전교 회장보다 더 뛰어난 인물이 회장이 된다면 두발 자유가 되지 않을까?' 생각했지만, 역시나 우릴 구원해줄 구세주는 없었다.

　3학년이 되어서야 알게 되었다. 정치인의 말은 믿을 게 못 된다는 것을.

○

　고등학교에 가면 이 고통이 사라질 줄 알았다. 내가 지망한 고등학교는 두발 검사가 없다는 친구의 말을 들었다. 아는 선배들 모두 머리가 길다고 했다. 이제 드디어 해방이구나. 어떤 머리를 할까? 샤기컷? 울프컷? 아줌마 파마? 염색까지는 안 되겠지?

변수가 생겼다. 내가 지망한 고등학교는 성적이 높지 않은 학생들이 주로 가는 학교라는 평판이 있었다. 내 모교는 그 오명을 벗기 위해 노력했다. 신입생부터는 철저한 관리를 하겠다고 선언했다. 철저한 관리 속엔 '두발 검사'도 포함되어 있었다. 머리 긴 3학년과 스포츠머리의 1, 2학년. 억울했지만, 어찌할 도리가 없었다. 가끔 이런 푸념을 하는 수밖에….

"왜 우리만 괴롭히는 건데! 1년만 빨리 태어날걸…."

○

자르려는 자와 지키려는 자의 싸움. 이 끝날 것 같지 않던 싸움은 한순간에 끝났다. 고3이 된다는 긴장감이 엄습하던 겨울방학. 1월 1일이 되면 광주 학생인권조례가 시행된다는 소식이 학교에 빠르게 퍼졌다. 학생 인권 조례는 체벌 금지. 두발 자유 등의 내용이 있었다. 우린 의심했다.

"우리 학교가 이걸 지키려나? 무시할 것 같은데?"

"선생님들이 안 때린다고? 야! 말이 되는 소리를 해라!"

"맞아. 나 방금도 10대 맞고 왔잖아."

2년 동안 몸으로 배운 생각을 고치긴 쉽지 않았다.

출마 공약을 하나도 지키지 못한 거짓말쟁이 부회장이었던 나는 용기를 전염시키기로 했다. 학생인권조례가 시행되기 하루 전 12월 31일. 당차게 미용실을 갔다.

"저. 염색하러 왔는데요."

"네! 무슨 색으로 하시려고요?"

"혹시 무슨 색 있나요?"

미용사분께서 여러 색깔을 보여주었다.

튀는 색이어야 했다. 나는 맥주 같은 갈색을 골랐다.

"이거요."

맥주 색 머리는 우스꽝스러웠다. 전혀 어울리지 않았다. 그래도 괜찮았다. 스스로 자유롭게 머리 색을 선택할 수 있다는 사실 자체가 좋았다.

1월 2일. 학교 가는 길이 두려웠다. 사실 나도 의심했다. 진짜 이래도 되는 건가. 교무실로 끌려가서 맞는 건 아닌가. 당장 다시 검정으로 염색하라고 하면 어떡하지. 이거 6만 원 주고 했는데. 혹시 나만 이렇게 가는 건 아니겠지. 염색한 친구들이 조금 있어야 할 텐데….

다행히도 학교에는 염색한 친구들이 드문드문 보였다.

'아. 나 혼자만 혼나진 않겠구나. 그래. 같이 혼나면 그래도 좀 낫겠다.'

담임 선생님이 들어오셨다. 선생님은 우리 반 친구들을 쭉 훑어봤다. 표정이 좋지 않으셨다.

"음…. 머리가 불량한 학생들이 많이 생겼네. 그 친구들은 조금 있다가 나 좀 보자."

담임 선생님의 말씀을 듣고 후회가 몰려왔다.

'난 망했다. 내가 왜 그랬을까. 몇 대를 맞을까. 학생 인권 조례 이거 순 뻥이잖아.'

심지어 수업 중에 교장 선생님께서도 들어오셨다. 교장 선생님은 말씀하셨다.

"오! 역시 우리 학교 학생들은 모범적이에요. 뭐 학생 인권 조례다 뭐다 해서 지금 다른 학교는 난리래요. 난리. 그런데 역시 우리 학교 학생들은 단정하잖아요. 최고입니다. 최고."

투명 인간 취급을 받은 나와 몇 명의 염색 동지들은 고개를 푹 숙이고 그 순간을 버텼다.

다행히도 학생 인권 조례는 뻥이 아니었다. 조금 이따 보자던 담임 선생님께서는 종례 시간에 아무 말씀이 없으셨다. 일주일 정도는 맘 졸이며 학교에 다닌 것 같다. 복도 멀리서 선생님들이 보이면 여전히 긴장되었다. 다행히 모두 별말이 없으셨다. 일주일 정도 지나자 용기는 전염되었다. 눈치 보던 친구들도 하나둘 머리 스타일을 바꿨다. 그렇게 우린 지긋지긋한 '두발 검사'와 이별했다.

◯

지금도 궁금하다. 도대체 왜 우리 머리를 그렇게 잘라댔는지. 잘린 건 머리뿐만이 아니었다. 우리의 자유와 인권도, 스승과 제자의 사랑도, 사춘기 소년 소녀의 섬세한 감정도, 다양성과 개성도 머리카락과 함께 잘려 나갔다.

이제는 사라진 이야기인 줄 알고 글을 썼는데, 어딘가엔 여전히 남아있는 이야기라는 걸 알게 되었다.
씁쓸하다.

보리차

우리 집은 정수기가 없었다. 엄마는 매일 아침 부지런히 큰 원통형 냄비에 물을 끓였다. 물이 펄펄 끓으면 불을 끄고 보리차 티백을 넣는다. 조금만 기다리면 황금빛 보리차가 된다. 추수 전 잘 익은 벼 색깔이었다. 방금 끓인 보리차는 어린 내가 마시기엔 조금 뜨거웠다. 컵으로 국자처럼 한 잔을 떠서 식을 때까지 기다렸다. 구수한 향과 맛이 참 좋았다. 집 안엔 늘 구수한 보리차 향기가 났다.

무더운 여름에는 차가운 보리차가 필요했다. 엄마는 보리차를 유리병에 담아서 냉장고에 넣어두었다. 여름에는 우리 가족이 물을 더 많이 마셨기에 엄마는 더 바빠졌다. 냄비 두 개를 가동해야 할 때도 많았다. 물을 끓이고, 식히고, 병에 담고, 냉장고에 넣고. 여간 번거로운 일이 아니다. 엄마는 아무 말 없이 그 일을 모두 해냈다. 정말 대단한 분이다.

뜨거운 여름. 땀을 뻘뻘 흘리고 집에 들어오면 바로 냉장고를 열었다. 시원한 보리차가 담긴 병을 꺼냈다. 차가운 병에는 뿌옇게 물기가 맺혀있었다. 유리병 옆면에 손가락으로 이름을 한 번 쓰고, 컵에 물을 따랐다. 맥주 광고 모델처럼 원샷을 하면 더위가 확 가셨다. 어른들이 맥주를 마실 때 이런 기분이지 않을까? 짐작해볼 수 있었다.

외할머니댁에 가면 보리차가 델몬트 주스 병에 담겨있었다. 델몬트 주스 병은 주둥이 부분이 다른 병에 비해 커서 물을 옮겨 담기 좋았다. 그래서인지 많은 집 냉장고에는 델몬트 병에 담긴 보리차가 있었다. 델몬트에서 주스만 만들지 말고, 보리차를 함께 만들었으면 어땠을까? 참 잘 팔렸을 텐데….

한때 나는 녹차에 빠졌다. 건강 프로그램 '비타민'을 보고 나서였다. '비타민'에서는 녹차의 효능에 대해 자세히 설명했다. 녹차의 카테킨이라는 성분이 지방 분해를 돕는다고 했다. 중국인들이 기름진 음식을 많이 먹어도 날씬한 비법이 녹차 때문이라는 믿거나 말거나 이야기도 곁들였다. 갑작스럽게 불어난 살에 고민하던 나는 녹차를 많이 마셨다. 티백 녹차뿐만 아니라 잎녹차에도 관심이 생겼다. 엄마에게 보리차 말고 녹차를 끓이자고 제안했다. 엄마는 받아들였다. 큰 냄비에는 보리차 티백이 아닌 녹차잎이 들어갔다.

녹차는 문제점이 있었다. 오래 우러날수록 텁텁하고 씁쓸했다. 가끔 먹기엔 좋았지만, 물 대신 먹기는 보리차가 훨씬 좋았다. 결국 엄마는 다시 보리차를 끓였다. 이후로도 눈이 좋아진다는 결명자차, 중국 부자들이 마신다는 보이차, 혈액 순환을 돕는다는 둥굴레차 등 다양한 차가 우리 집 냄비를 거쳐 갔지만, 결국엔 다시 보리차가 그 자리를 차지했다. '클래식은 영원하다.'라는 말은 보리차에 가장 잘 어울리는 말이 아닌가 싶다.

오랜만에 보리차를 펄펄 끓여야겠다.
집 안에 구수한 냄새가 진동하도록.

주전자

물이 끓으면 주전자는 경적 소리를 냈다.
"뿌뿌~~"
그 소리가
나를 잊지 말라고 외치는
간절한 절규처럼 들렸다.

정수기 물통

'인터스텔라'에서
주인공이 탑승한 우주선과
우주 정거장이 도킹하는 장면이 나온다.

그 장면을 볼 때마다
선생님을 도와
정수기 물통을 교체하던 순간이 떠오른다.

정확하게 물통 주둥이가 정수기와 결합할 때,
마치 내가 어른이 된 것만 같았다.

인생은 멀리서 보면 희극

가까이서 보면 비극

2020년 6월 26일, 개그콘서트는 마지막 방송을 했다. 시청률 부진이 이유였다. 나도 청소년기를 개그콘서트와 함께했다. 개그콘서트가 끝나고 이태선 밴드의 음악이 흘러나오면 주말이 끝났음을 느낄 수 있었다. 월요일이 되면 어제 개그콘서트에서 봤던 장면을 친구들과 따라 했다. 덕분에 웃으며 한 주를 시작할 수 있었다. 언젠가부터 개그콘서트를 보고 웃음이 나오지 않았다. 너무 재미가 없었다.

코미디 프로그램이 몇 년 동안 사람들을 웃기지 못했다. 사라지는 것은 당연하다. 어차피 보지도 않던 프로그램이니까. 사라지든지 말든지. 내 알 바도 아니다. 하지만 개그콘서트가 사라지는 것이 누군가에겐 재앙이었다. 바로 희극인들. 그들은 순식간에 그들의 무대를 잃었다. 그들 중에는 바로 1년 전 KBS 공채에 합격한 신인들도 있었다. 간절한 꿈을 이제 막 이뤘는데, 회사가 망했다. 그때 그들의 심정은 어땠을까?

사실 희극인들도 알고 있었다. 개콘이 재미없다는 것을. 그들도 변화의 필요성을 몸소 느꼈다. 그러나 KBS에서는 공영방송이라는 이유로 할 수 없는 것들이 많았다. 가장 자유로워야 할 예술인들이 자유롭지 못했다. 자유가 사라진 코미디는 더는 재미있지 않았다. 그나마 제약이 덜한 케이블 방송에서 진행하는 '코미디 빅리그'는 사람들에게 꽤 많은 인기를 얻었다. 이젠 '코미디 빅리그'마저 사라지며 공개 코미디의 시대는 끝났다.

무대가 사라진 희극인들은 포기하지 않았다. 그들은 주체할 수 없는 끼를 분출할 공간을 찾았다. 바로 유튜브였다. 유튜브 안에서는 온 세상이 무대였다. 누구의 간섭도 받지 않고, 그들이 해보고 싶었던 코미디를 할 수 있었다. 우리나라 희극인이 이렇게 재밌다는 것을 많은 사람이 깨닫게 되었다. 그들은 다양한 콘텐츠로 지금도 사람들에게 웃음을 주고 있다. 피식대학, 숏박스, 스낵타운 등 다양한 채널에서 각자의 끼를 마음껏 발산하고 있다.

최고의 희극 배우 찰리채플린은 이렇게 말했다.

"인생은 멀리서 보면 희극이고 가까이서 보면 비극이다."

행복을 전해주는 희극인에게 응원의 박수를 보낸다.

*2023년 11월. 개그콘서트가 3년 만에 부활했다. 부활한 개그콘서트가 다시 한 번 대한민국에 웃음을 전염시키길 진심으로 바란다.

밥상

얼마 전 나홀로 고향에 내려갈 일이 생겼다. 낯가리는 나 때문에 집들이 한 번 제대로 못했던 아내는 그 기회를 놓치지 않고 친구들을 초대했다. 그런데 아내는 한 가지를 걱정했다.

"친구들이 7명 오는데, 우리 식탁은 6명 밖에 못 앉아. 의자가 부족해."

친구들 온다고 열심히 음식도 준비하고, 술도 충분히 샀다. 그런데 자리가 없다니…. 어떡하지. 다양한 방안을 생각해봤다. 가위바위보를 해서 한 명만 오지 말라고 할까. 진 친구가 너무 슬플 거야. 그럴 순 없어. 그럼 다 같이 서서 먹을까. 신촌에 서서 먹는 갈빗집이 대박 났다는데.

둘이 앉을 때는 넓디넓어 보이던 식탁이었는데, 이런 고민을 해야 하다니.

젠장, 아내는 왜 이리 친구가 많담.

○

우리 친척은 정말 많았다. 어렸을 때 명절날 친척들이 모이면 7명은 무슨. 거의 20명은 되었다. 그리 넓지 않은 할머니 댁이었기에 인구밀도가 굉장히 높았다. 모두가 다닥다닥 붙어 앉아야 했다. 그래도 밥 먹을 자리가 없었던 적은 없었다. 밥상이 모든 걸 해결했다.

"이제 밥 먹읍시다!"

누군가가 외치면 모두가 분주해졌다. 누군가는 음식을 준비하러 주방으로, 누군가는 밥상을 꺼내러 장롱 앞으로 달려갔다. 어린 나에겐 너무 높았던 장롱 위에는 한참을 주무시던 밥상이 있었다. 어른들은 밥상을 꺼내고 상다리를 폈다. 그 위에 하나둘 음식이 올라갔다. 밥상에는 대략 8명 정도가 앉을수 있었다. 조금 붙어 앉으면 10명도 가능했다. 밥상 2개면

20명 정도가 한자리에서 식사를 할 수 있었다. 서로의 온기를 느끼며 밥을 먹던 따뜻한 시절이었다.

상다리가 휘어진다는 말은 과장이 아니었다. 거대한 상체에 비해 너무 가느다란 내 다리처럼, 푸짐한 명절 음식에 비해 상다리는 너무 얇았다. 하체 부실 탓에 대부분 밥상은 조금씩 휘어있었다. 상을 펼 때부터 다리 관절이 삐걱댔다.

그때 깨달았다.

튼튼한 하체가 정말 중요하다는 것을.

밥상은 세월의 흔적을 잘 보여주었다. 이 밥상도 처음엔 반질반질 옻칠도 하고 어여뻤을 텐데, 늙어가면서 여기저기 흉터도 생기고, 색도 많이 바랬다.

그때 깨달았다.

흐르는 세월은 피할 수 없다는 것을

○

늘 우두커니 한 자리를 차지하고 있는 식탁과 달리, 밥상은 대부분 접이식이었다. 조그마한 공간만 있어도 쏙 들어갔다. 자취할 때 나는 밥상에서 밥을 먹었다. 선택의 여지가 없었다. 식탁이 들어올 공간이 없었으니까. 그래도 바닥에서 밥을 먹긴 너무 초라했다.

인터넷에서 밥상을 찾아봤다. 명화가 그려진 밥상이 있었다. 20세기 야수파 화가 '앙리 마티스'의 작품이었다. 화려한 광고 문구가 나를 유혹했다.

매일 사용하는 밥상.
더 이상 숨기지 마세요!
한쪽 벽에 툭! 세워놓는 순간.
우리 집이 멋진 갤러리가 됩니다.

순식간에 주문에서 결제까지 마쳤다. 바로 다음 날 배송이 왔다. 침대 옆에 세워두니, 집이 조금 더 고급스러워진 느낌이 들었다. 그 밥상에서 밥도 먹고! 공부도 하고! 책도 읽고! 다 했다.

이 밥상은 문제가 하나 있었다. 광고에서는 오염 방지 코팅이 되어 커피, 김치 국물 같은 오염이 잘 닦인다고 했다. 사실이었다. 그런데 오염만 닦이는 게 아니라 그림도 닦였다. 그림이 점점 희미해져 갔다. 한 달쯤 지나자 정말 볼품없었다. 그냥 평범한 밥상을 살 걸 후회했다.

○

집에 들어와서 아내에게 물었다.

"자리 없는데 어떻게 했어?"

아내는 대답했다.

"화장대 의자도 가져오고, 컴퓨터 의자도 가져오고, 최대한 붙어서 겨우 앉았지 뭐."

먼 곳까지 찾아온 손님을 불편하게 하다니. 면목이 없다.

다시는 이런 불상사가 생기지 않도록 밥상을 하나 사야겠다.

아니 혹시 모르니 2개 사야겠다.

장롱 위에 모셔뒀다가 몇 명이 오더라도 문제가 없도록 해야겠다.

아…. 근데 우리 집은 장롱도 없지.

젠장.

우리 집에 놀러 올 땐 4명씩 조를 짜고 나눠서 오시길.

양반다리

밥상에 앉을 땐, 양반다리를 해야 했다.
그게 올바른 식사 예절이었다.

다리가 조금씩 길어지면서
양반다리가 점점 불편해졌다.

밥을 다 먹을 때쯤이면
늘 다리가 저렸다.
발바닥에 별빛이 침투한 느낌이었다.

그때 생각했다.
난 양반은 못 되겠다고.

프로레슬링

검정 티셔츠가 있었다. 앞부분엔 시비를 거는 듯 'What?'이라는 글자가 적혀있고, 등엔 해골이 그려져 있었다. 해골 눈에선 시퍼런 연기가 났다. 보기만 해도 섬뜩한 티셔츠였다. 이 무시무시한 티셔츠는 빠르게 팔려나갔다. 길에서는 쉽게 이 티셔츠를 입은 사람들을 볼 수 있었다. 아이도, 어른도, 남자도, 여자도 모두 이 티셔츠 하나쯤은 가지고 있었다. 이 티셔츠를 대한민국에 전파한 배후는 누구인가? 악마를 숭배하는 사이비 교주인가?

티셔츠의 주인을 소개한다.
세계적인 프로레슬링 단체 WWE의 슈퍼스타!

스톤콜드 스티브 오스틴!

○

프로레슬러는 남학생들의 우상이었다.

탄탄한 근육. 웅장한 테마곡과 개성 있는 등장. 관중의 열
렬한 환호와 스포트라이트. 화려한 기술과 강렬한 피니쉬.

"원, 투, 쓰리!" 땡땡땡.

그들이 느끼는 승리의 희열까지.

모든 것이 부러웠다.

그래서 우린 쉬는 시간마다 그들을 따라 했다. 우선 좋아하
는 선수의 등장 곡을 직접 불렀다. 정확한 영어 발음을 몰라서
우린 그냥 들리는 대로 따라 했다. 지금은 영화배우로 유명한
'드웨인 존슨'은 WWE에서 '더 락' 이라는 이름으로 활
약했다. 그가 등장할 땐 커다란 목소리가 먼저 울려 퍼졌다.

"이삐써마!!! 더 락! 이쓰 쿠킹!"

도대체 '이삐써마' 가 무슨 말인진 몰랐지만, 그냥 따라
했다. '이삐써마' 의 정체는 오늘에서야 알았다.

'If you smell' 이었다.

지금 보니 뭐 큰 차이도 없네.

   양손을 높게 들며 관중들을 바라보았다. 입은 등장곡을 부르며 해설까지 하느라 바빴다.
   "쿵치빡치. 나불나불~ 플레이 더 게임~~. 자! 맹비오 선수 등장하고 있습니다!"
   물론 관중은 아무도 없었다. 우린 관중의 역할까지 함께 해야 했다.
   우린 모두 멀티플레이어였다.

   등장을 마치면 경기를 시작했다. TV에서 보던 기술을 하나둘 해봤다. 주로 가장 강력한 피니쉬 기술을 연습했다. 스톤콜드의 스터너, 트리플H의 페디그리, 브록레슬러의 F5, 랜디오턴의 RKO. 서로 다치지 않게 하려 애썼지만 당하는 사람도, 기술을 거는 사람도 많이 다쳤다. 경기가 끝나면 아픈 곳이 한둘이 아니었다.

   우리 같은 학생들이 많았던지 프로레슬링 광고에서는 경기 중간중간마다 경고 메시지를 방송했다.

No matter who you are,

당신이 누구인진 상관없습니다,

Whatever you do,

하지만 무엇을 하든 간에,

Please, Don't try this at home.

부탁합니다, 집에선 절대 따라 하지 마세요.

저 정도로 부탁하는데, 좀 들을걸.

○

산타가 없다는 것쯤은 아는 나이었지만, 프로레슬링은 진짜 싸움이라고 믿었다. 아빠는 가끔 내가 프로레슬링을 보고 있으면 한마디 했다.

"저거 다 쇼야 쇼!"

"아니야. 진짜로 싸우는 거야."

"저거 봐라. 기껏 때려놓고 일어날 때까지 기다려주잖아."

"그 전에 많이 뛰어서 힘들어서 그런 거야."

"저거 봐라. 때릴 때도 일부러 주먹으로 안 때리고 손목으로 때리네잉."

"주먹으로 때리면 반칙이라 그래."

"저거 봐라. 열심히 기술 걸어놓고 풀어주네."
"로프 잡으면 풀어주는 게 규칙이라니까?"

열심히 반론했지만, 점점 아빠 말에 설득되었다.
몇 년 뒤 K1, UFC 같은 종합격투기 경기를 보았다.
쉴 틈 없이 주먹을 몰아치는 그들을 보고, 아빠 말이 맞았음을 인정했다.

프로레슬링은 분명 각본이 있는 쇼였다. 경기 전에 수없이 많은 연습을 통해 서로 합을 맞춘다는 것도 알게 되었다. 하지만 선수들의 고통은 쇼가 아니었다. 우리가 흠모하던 WWE 슈퍼스타들. 그들의 화려한 무대 위 모습 뒤에는 어두운 그림자가 자리 잡고 있었다. 매주 열리는 경기 탓에 그들은 무리한 일정을 소화해야 했다. 화려한 기술은 늘 부상의 위험이 있었다. 많은 선수가 고통을 견디기 위해 진통제, 스테로이드 같은 약물을 사용했다. WWE 슈퍼스타 '에디 게레로'는 스테로이드 부작용으로 경기 전날 갑작스럽게 사망했다. 그의 나이 겨우 서른여덟이었다.

내 마음속 WWE 슈퍼스타들은 하나둘 은퇴했다. 이제 WWE 명예의 전당에 올라 가끔 모습을 드러낼 뿐이다. 영광의 시절을 뒤로 하고, 중년이 된 슈퍼스타들을 보면 가슴이 뭉클해진다. 나도 이제 마냥 어린 나이가 아니구나. 정말 세월이 쏜살같다.

○

혈기 왕성하던 시절. 우린 화가 날 때 종종 이렇게 말했다.
"아따 저 자식 스터너 갈겨버리고 싶네."
가끔 TV에서 흉악범이 나오면 이렇게 말하는 친구도 있었다.
"저런 놈들은 감옥에 그냥 보낼 게 아니라. 파워밤 열 번 정도 꽂아버린 다음 보내야 돼!"

혈기가 다 빠진 지금도 가끔 '스터너' 한 방 갈겨버리고 싶은 순간이 생긴다. 그럴 때면 베개와 레슬링 한 판을 한다. 바디 슬램, 져면 스플렉스, 파워밤 등 몇 가지 기술을 선보인 후, 피니쉬를 준비한다. 입은 역시나 해설을 하고 있다.
"맹비오 선수! 스터너를 준비하고 있네요. 아! 베개 선수 위험한데요!"
회심의 스터너 한 방을 갈기고.
쓰러진 베개 위에 가볍게 손을 올린다.

"원! 투! 쓰리!" 땡땡땡
승자는 맹! 비! 오!
수많은 환호가 머리 속에 들린다.

그때 갑자기 내 후두부를 강타하는 체어샷!
정신을 잃기 직전 귓가에 맴도는 아내의 목소리.
"침대에서 쿵쾅거리지 말라고 했잖아! 먼지 난다고!"

이렇게 살고 있다.
베개야 미안하다.

공중전화

한 제자가 기억난다. 남학생이었다. 6학년쯤 되면 아이들은 으레 휴대폰을 가지고 있었지만, 그 아이는 아니었다. 혼자만 휴대폰 없는 상황이 쓸쓸할 법도 한데, 그 아이는 전혀 그런 기색을 드러내지 않았다. 가끔 짓궂은 친구들이 휴대폰이 없다 놀려도 해맑은 미소로 화답했다.

"(활짝 웃으며) 엉엉. 나만 휴대폰 없어!"

어떻게 하면 그 아이처럼 타인을 대할 수 있을까. 나에겐 아직도 숙제다.

◯

한 번은 그 학생 어머니께 전화가 온 적이 있다. 휴대폰의 유해성 때문에 사주지 않고 있는데, 혹시나 학교에서 휴대폰이 필요하진 않을까 걱정되어 연락하셨단다. 아주 훌륭한 교육방침이시라고. 요즘 스마트폰 때문에 발생하는 문제가 많다고. 학생들에게 스마트폰이 꼭 필요한 것은 아니라고. 학교에는 태블릿도 많으니 걱정하지 마시라고 대답했다.

크리스마스가 가까워질 때쯤 그 학생이 나에게 다가와 말했다.

"선생님, 저 핸드폰 샀어요! 선생님 번호 좀 알려주세요!"

내 번호를 알려주며, 그 아이 표정을 봤다. 원래 뽀얀 얼굴이 두 배는 밝아 보였다. 그동안 괜찮은 척하더니, 갖고 싶긴 했나 보다. 미리 말을 하지. 그럼 엄마가 전화 주셨을 때 이렇게 답했을 텐데.

"아. 학교에서 수업 시간에도 가끔 스마트폰을 쓰기도 합니다. 아이들 보니까 친구들 만날 때도 대부분 카톡으로 약속을 정하더라고요. 꼭 필요한 건 아니지만, 있으면 훨씬 좋죠."

○

　미안한 마음에 변명 하나 한다. 라떼는 말이야. 초등학생은 휴대폰이 없는 게 당연했다. 진짜로 아무도 없었다. 집 전화기로 친구들과 통화했다. 몇 시에 어디서 만나기로 꼭꼭 약속했다. 약속 시간에 친구들이 나오지 않으면 근성으로 기다렸다. 한 시간이고 두 시간이고 기다렸다. 그래도 친구가 안오면 친구 집 앞까지 찾아갔다.

　정 급할 땐, 공중전화가 있었다. 네모난 전화부스는 어디에나 있었다. 왼쪽엔 커다란 수화기가 있고, 오른쪽엔 전화번호를 누르는 버튼이 있다. 카드를 넣어도 되고, 동전을 넣어도 된다. 얼마였는지는 잘 기억나지 않는다. 100원이었던 것 같기도 하고, 100원을 넣으면 얼마를 거슬러줬던 것 같기도 하고.

　기억을 못 하는 까닭은 기억력이 안 좋아서만은 아니다. 100원도 소중했던 어린 시절, 우린 돈 없이도 전화를 할 수 있는 비밀이 있었다. 바로 콜렉트콜.

○

콜렉트콜은 전화를 받는 사람이 통화료를 대신 내는 방식이다. 공중전화에서 긴급통화 버튼을 누르고, 1541을 누른다. 그러면 노래와 함께 안내가 나온다.

"상대방 전화번호를 누르고, 우물 정자를 눌러주세요."

그대로 따라 하면 아주 잠깐 통화 연결이 된다. 이때 재빠르게 나를 알리는 게 중요하다.

"여보세요! 엄마 나 비오! 이거 콜렉."

통화가 끊기고 노래가 흘러나온다.

"따라따라따라 딴 따라~~, 상대방의 통화 동의 여부를 확인하고 있습니다."

가장 긴장되는 순간이다.

상대방의 동의를 얻어내기란 만만치 않았다. 잠깐의 통화가 끊기는 순간 대부분 전화를 끊어버렸다. 우린 본능적으로 ARS 음성에 거부감이 있다. 전화 도중에 나오는 기계음은 스팸 전화로 의심받기 충분했다. 나는 언젠가 길을 잃어 엉엉 울고 있을 미래를 떠올렸다. 집을 찾아 오려면 엄마, 아빠한테 전화를 해야 할텐데. 지금처럼 콜렉트콜을 끊어버리면 곤란하다. 콜렉트콜 받는 방법을 꼭 알려줘야겠다고 생각했다.

"엄마, 내가 전화해서 콜렉트콜이라고 하고 통화가 끊기면, 일단 끊지 말고 기다려봐."

"아빠, 그다음에 음성이 나오면 하라는 대로 누르면 돼."

몇 번의 실패를 더 겪고 나서야 우리 가족은 콜렉트콜에 익숙해졌다.

○

생각해보면 나도 머리가 좋았다. 가족은 물론이고 수많은 친구의 전화번호를 모두 기억했다. 하지만 모두 나처럼 머리가 좋을 수는 없는 것 아니겠나. 그들을 배려해서 공중전화 옆에는 전화번호부가 있었다. 요즘 총균쇠나 코스모스 같은 두꺼운 책을 벽돌 책이라 부르던데, 진정한 벽돌 책은 전화번호부다. 세상 모든 이들의 전화번호를 담았으니, 두꺼울 수밖에.

전화번호부의 무시무시한 두께를 실감하게 하는 사건이 있다. 어느 집에 칼을 든 강도가 들어왔다. 놀란 가족들은 일단 방으로 숨었다. 방 안에서 아버지는 어떻게 가족들을 지켜낼 수 있을까 고민했다. 그런 그의 눈에 들어온 것은 바로 전화번호부. 그는 이 두툼한 책을 집어 들고 용기 있게 거실로 나갔다. 강도가 칼을 휘둘렀지만 전화번호부로 가볍게 막아냈다. 날카로운 칼도 전화번호부를 뚫기엔 역부족이었다. 곧이어 바로 아버지는 전화번호부 모서리로 강도의 머리를 강타했다. 강도는 바로 기절했고, 경찰에 신고하며 사건은 마무리되었다. 며칠 뒤, 전화번호부에 맞은 강도가 식물인간이 되었다는 소식이 전해졌다. 한동안 사람들은 '전화번호부로 사람을 내리친 행동이 정당방위인가 아닌가', '전화번호부는 과연 흉기인가 아닌가'를 두고 갑론을박을 펼쳤다.

　사실 내가 지어낸 이야기다. 아마 다들 깜빡 속았을 것이다. 이런 터무니 없는 이야기에 넘어갈 만큼 전화번호부의 두께는 실로 어마어마했다.

○

　이제는 커다란 전화기도, 무시무시한 전화번호부도 작은 기계 속에 모두 담겼다. 군대에서 그 작은 기계를 빼앗기자, 다시 공중전화 박스로 들어갔다. 온종일 누군가와 함께 살아가는 곳에서 나만 있을 수 있는 유일한 공간이었다. 초등학교 시절처럼 전화번호를 수첩에 받아적고, 외우고, 콜렉트콜을 했다. 가족에게도, 친구에게도, 지금의 아내에게도. 전역이 가까워질 때쯤, 군대에서도 휴대폰을 사용할 수 있게 되었다. 매일 밤, 줄 서있던 군인들로 붐볐던 공중전화 앞은 황량해졌다.

○

지나가다 우연히 공중전화를 보면 생각한다.
'지금도 공중전화를 쓰는 사람이 있을까?'
그것은 대체 누구를 위해 자리를 지키고 있을까?

혹시 사용할 누군가가 있을지도 모르겠다.
1년에 책을 1권도 안 읽는 사람이 절반이 넘는 나라에서도
여전히 글로 마음을 전하려는 사람들이 있는 것처럼.
여전히 글에서 위로를 얻는 사람들이 있는 것처럼.

나처럼. 당신처럼.

철가방

철가방은 중국집의 상징이었다. 중국집에서는 짜장면, 짬뽕, 탕수육 등 모든 음식을 철가방에 담아 배달했다. 우리 집 초인종을 누르고, 철가방에서 음식을 꺼내던 배달원 아저씨. 짜장면, 탕수육, 깐풍기, 팔보채 등 꽤 많은 음식을 시켜도 철가방 하나면 해결되었다. 끊임없이 음식이 들어가는 마법의 가방.

'스타 서바이벌 동거동락'이라는 프로그램이 있었다. 메인 MC는 유재석 씨였다. 시청자들에게 가장 인기 있던 코너 중 하나는 철가방 퀴즈였다. 철가방 속에 어떤 물체를 넣는다.

유재석 씨는 현란한 손놀림으로 철가방을 이리저리 돌리며, 슬쩍슬쩍 뚜껑을 열었다 닫는다. 출연자들은 살짝살짝 보이는 물체를 맞히기 위해 모든 집중력을 쏟아붓는다. 나도 TV 속 그들과 함께 퀴즈에 참여했다. 보일 듯 보이지 않는 철가방. 엎드려서 보면 아랫부분이 좀 더 잘 보이지 않을까 해서 늘 방바닥에 엎드려 TV 속 철가방을 봤다.

·

○

비밀 하나 말한다. 사실 철가방은 철이 아니다. 철은 튼튼하지만, 너무 무겁다. 음식 무게를 잘 견디면서도 가벼운 물질. 바로 알루미늄이다. 하지만 알루미늄 가방이라고 하자니, 너무 길다. 멋지지도 않다. 철가방. 이 얼마나 간결하고 멋진 이름인가. 진실보다 멋이 중요한 순간도 있는 법이다.

철가방이 생기기 전에는 나무로 만든 가방으로 배달을 했다고 한다. 나무 가방보다 5배 정도 가벼운 철가방이 나타나자. 나무 가방은 사라졌다. 하지만 2000년대 들어서 철가방보다 더 가벼운 놈이 나타났다. 바로 플라스틱 가방. 그때부터 철가방은 서서히 외면받았다. 가방 세상도 인간 세상처럼 끊임없는 경쟁 사회였다.

2010년대 후반부터 배달 앱과 배달대행업체가 생겨났다. 예전처럼 음식점에서 배달원을 고용할 필요가 없어졌다. 시스템이 달라지자 도구도 달라졌다. 이젠 오토바이 자체에 네모난 배달용 상자를 달고 비닐에 담긴 음식을 배달한다.

이젠 철가방도, 군만두는 서비스라며 생색내던 배달원 아저씨도, 짜장면을 다 먹고 그릇을 한 번 헹궈서 내놓던 배려도, 깜빡하고 내놓지 않아 중국집에서 전화가 오던 순간도, 내놓은 그릇을 며칠째 가져가지 않아 중국집에 전화하던 해프닝도, 아차차 깜빡했습니다. 얼른 가져가겠습니다. 라고 말씀하시던 중국집 사장님의 당황한 목소리도. 다 추억 속 풍경이 되었다.

○

프로레슬링에 '체어샷'이라는 반칙 기술이 있다. 심판이 한 눈을 판 순간 철제 의자로 상대방을 세게 치는 기술이다.

좋아하는 선수가 악랄한 악역 선수에게 시원한 체어샷을 날리는 순간. 나는 통쾌함을 느끼는 동시에 아이디어가 떠올랐다. 중국집 요리사처럼 갖춰 입은 선수. 그의 이름은 '철가방'. 그의 필살기로 말할 것 같으면, 심판을 눈을 피해 악당에게 날리는 시원한 철가방 샷. 철가방으로 악당들을 두들겨 패는 그의 모습에 사람들은 카타르시스를 느낀다. '철가방' 단숨에 슈퍼스타 레슬러가 된다. 사람들은 그를 이제 '슈퍼스타 철가방'이라 부른다. 대한민국의 모든 어린아이들은 산타에게 기도한다.

'크리스마스 선물로 철가방을 받고 싶어요.'

사라져가는 철가방과 소멸 직전인 한국 프로레슬링.
이 모두를 살릴 방안.
'슈퍼스타 철가방'.
이거 완전 대박인데. 이거 진짜 대박인데.

혹시 한국 프로레슬링을 다시 한 번 부흥시켜볼 레슬러가 있다면 연락주시길.

#3

기억 속 어디선가

미사가 끝났으니

복음을 전합시다.

태어나자마자 유아세례를 받고 중학교 때까지 성당에 다녔다. 보통 미사 시간은 30−40분 정도였다. 친구들과 함께 성당을 가는 것은 즐거웠지만, 미사는 조금 지루했다. 인내심에 한계가 올 때쯤 미사는 끝났고, 신부님께서는 이렇게 말씀하셨다.

"미사가 끝났으니, 이제 복음을 전합시다."

그게 무슨 뜻인지도 잘 모른 채 우리는 습관처럼 대답했다.

"하느님 (미사를 끝내주셔서) 감사합니다."

믿음의 깊이가 얕았던 탓에 고등학교부터는 성당에 나가지 않았다. 그래도 중요한 시험이 있을 때는 양심도 없이 하느님께 기도했다. 속된 말로 나이롱 신자였다. 그런 내가 군대에 들어가서 다시 성당을 가게 되었다. 힘든 군대 생활에 의지할 곳이 생겨 좋았다. 군종 신부님께서 해주시는 말씀도 마음을 울릴 때가 많았다. 그중에 가장 기억에 남는 말씀이 있다.

"복음을 전한다는 것은 무엇을 뜻할까요? 누군가에게 예수님을 믿으라고 강요하는 것은 절대 올바른 방법이 아닙니다. 복음을 전하는 출발점은 여러분이 올바르게 사는 것입니다. 여러분들이 예수님의 가르침대로 사랑을 베풀고, 불의와 싸우는 모습을 보여주세요. 그러면 여러분이 선한 영향력을 퍼뜨리게 되고 세상을 좀 더 아름답게 만듭니다. 그게 바로 복음을 전파하는 것입니다."

○

어제 '유 퀴즈 온 더 블록'이라는 프로그램에 이문수 신부님께서 나오셨다. 서울의 한 수도원 소속 신부님인 그는 김치찌개 집 사장님이다. 도대체 신부님이 왜 김치찌개 집을 운영하게 되었냐는 진행자들의 물음에 그는 담담하게 대답했다.

"서울 대학로에 있는 고시원에서 생활하던 한 청년이 지병에 생활고까지 겹쳐 세상을 떠난 일이 있었어요. 그 뉴스를 보신 어느 수녀님이 '청년들이 마음 편히 식사할 수 있는 식당을 운영해달라'는 제안을 하셨거든요. 그래서 그날 저녁, 동료 신부님들께 말했더니, '좋은 생각이다. 네가 해라'라고 하셔서 시작한 거죠."

이문수 신부님은 청년들의 아픔에 공감하는 어른일 뿐만 아니라, 따뜻한 밥 한 끼를 주고 싶다는 마음을 실천하는 분이었다. 그렇다고 무작정 밥을 주게 되면 그들이 마음을 열지 않을 거로 생각해 3,000원으로 판매하게 되었단다. 너무 저렴한 가격에 가게는 매월 200~300만 원의 적자를 기록하지만, 다행히 신부님의 선한 마음을 지지해 주는 후원자분들의 지원으로 유지할 수 있다고 한다. 신부님의 진심과 선한 영향력에 저절로 마음이 따뜻해졌다. 내가 천주교 신자라는 것이 왠지 모르게 자랑스러웠다. 이게 바로 군종신부님께서 말한 복음을 전파하는 방법이 아닌가 싶었다.

○

　이문수 신부님께서는 퀴즈를 맞혀 100만 원의 상금을 받게 되셨고, 냉장고까지 선물로 받으셨다. 내가 선물을 받은 것처럼 기뻤다. 프로그램 진행자인 유재석 씨는 신부님이 운영하는 식당에 5,000만 원을 후원하기로 약속한 후, 실천에 옮겼다. 성당도 나가지 않는 나이롱 신자이지만, 천주교 신자라고 스스로 굳게 믿는 나는 마음이 움직였다. 신부님의 뜻에 동참하고 싶어 후원 방법을 찾아보았다. 인스타그램을 통해 신부님이 운영하시는 식당 '청년 밥상 문간'을 찾았다. 마침 2호점을 열기 위해 모금이 진행 중이었고, 나도 작게나마 마음을 보탰다. 다음 날 다시 확인해보니, 목표 금액이 달성되었다.

　천주교인 답게 행동을 하는 것.
　선한 영향력을 퍼뜨리는 것.
　이것이 예수님께서 진정 바라시던 것이 아닐까 싶다.

◯

새 계명을 너희에게 주노니 서로 사랑하라. 내가
너희를 사랑한 것 같이 너희도 서로 사랑하라. 너
희가 서로 사랑하면 이로써 모든 사람이 너희가
내 제자인 줄 알리라. <요한복음 13장 34~35절>

패배의 기억

가네시로 카즈키의 소설 "GO"에 이런 장면이 있다. 주인 공의 아버지는 왕년의 복싱 챔피언이다. 주인공은 아버지에게 복싱을 가르쳐달라 한다. 아버지는 말한다.

"거기 서서 왼팔을 똑바로 쭉 뻗어봐. 그리고 팔을 뻗은 채로 몸을 한 바퀴 돌려. 발은 움직이지 말고. 컴퍼스처럼."

아들은 그대로 따라 한다. 한 바퀴 돌자 다시 아버지와 마주 선다. 그때 아버지는 아들에게 말한다.

"방금 네가 그린 원의 크기가 지금 너란 인간의 크기다.

그 원 안에 꼼짝도 않고 서서 손닿는 범위 안에 있는 것만 겨우 손 뻗어서 얻을 수 있을 뿐이다. 더 욕심내지 않고 그렇게만 하면 너는 아무 상처 없이 안전하게 살아갈 수 있다."

힘이 빠진 아들은 불만 가득한 소리로 말한다.

"복싱을 알려 달라고 했더니 이게 뭐예요."

아버지는 웃으시며 답한다.

"복싱은 아까 네가 그린 너의 원을 너의 주먹으로 뚫고 나가 원 밖에서 남의 것을 빼앗아 오는 것이다. 물론 원 밖에 있는 상대는 너보다 훨씬 강한 상대지. 너보다 약한 놈은 이 세상에 아무도 없다. 네가 빼앗아 오기는커녕 그놈들이 너의 원 안으로 쳐들어와 너의 모든 걸 다 빼앗아 갈 수 있는 게 바로 복싱이다. 그래도 배우고 싶으냐?"

○

그래도 배우고 싶었다. 아니, 그래서 더 배우고 싶었는지도 모른다. 어렸을 때부터 아빠와 함께 종합격투기를 즐겨보았다. 케이지 안에 야수 같은 두 선수가 들어가면 문을 잠근다. 케이지 안에 갇힌 선수들은 3분 혹은 5분 동안 치열한 싸움을 벌인다. 주먹을 날려도 되고 발차기를 해도 된다. 상대방을 넘어뜨려도 되고 팔다리를 꺾어도 된다. 서로가 자신의 원 밖으로 나가 상대의 것을 최대한 빼앗아 오기 위해 최선을 다한다.

주먹뿐만 아니라 온몸으로.

그렇다고 해서 아무 규칙이 없는 원초적인 스포츠는 아니다. 급소를 가격하면 안 되고 눈을 찔러도 안 된다. 종이 치면 아무리 유리한 상황이어도 경기를 중단해야 한다. 지켜야 할 룰이 있고 심판은 절대적인 권위를 갖는다. 서로 피투성이가 되도록 싸우다가도 마지막 라운드 종이 치면 서로를 안아준다. 승리의 기쁨을 누린 후에는 상대방의 상태가 괜찮은지 확인하고 걱정한다. 승자는 패자를 격려해주고 패자는 승자를 진심으로 축하해준다. 가장 원초적인 상태에서 볼 수 있는 이런 모습. 인간이 본래 선한 존재가 아닐까.

○

느껴보고 싶었다. 보는 것만으로는 성에 차지 않았다. 집 근처 종합격투기 체육관을 찾았다. 모든 일이 그렇듯 처음에는 굉장히 낯설었다. 낯선 사람에게 주먹을 날리고, 넘어뜨리는 게 미안하고 어색했다. 물론 내가 맞을 때가 훨씬 많았지만….

주짓수 기술은 따라 하기에도 벅찼다. 뭘 해야 할지도 모른 채로 당하기만 했다. 구르고, 뒤집히고, 목이 졸리고, 팔이 꺾이고. 그래도 언젠가는 익숙해질 거로 생각했다. 빠지지 않고 매일 매일 체육관을 나갔다. 그렇게 한 달, 두 달이 흘렀다.

수없이 당하면서 나도 모르게 많은 것을 배웠나 보다. 그 사실은 신입 관원들이 들어오자 확인할 수 있었다. 당하기만 했던 기술을 내가 쓰고 있었다. 처음으로 암바를 성공하던 그날. 잊지 못한다.

점점 자신감이 생겼다. 나보다 힘이 세거나 몸집이 큰 사람도 두렵지 않았다. 체육관을 먼저 다닌 선배들도 실력이 많이 늘었다며 칭찬해주었다. 남은 과제는 그들처럼 되는 것. 아니. 그들을 뛰어넘는 것.

아직 멀었지만 아주 멀지는 않게 느껴졌다.

○

　"어제와 똑같은 삶을 살면서 다른 미래를 꿈꾼다는 것은 정신병 초기증세다."

　아인슈타인의 말이다. 달라지기 위해서는 변화가 필요했다. 가장 쉽게 변화시킬 수 있는 것은 시간이었다. 겨울방학이 되자 운동시간을 두 배로 늘렸다. 얼마 지나지 않아서 이런 말이 들려왔다.

　"비오는 참 성실해."

　겨울방학이 끝날 때쯤 그 말은 이렇게 바뀌었다.

　"비오. 이제 잘하네."

　불리한 상황에서도 배웠던 기술들을 믿었다. 어떤 상황에서도 빠져나오는 방법이 있다고 믿었다. 해결책이 나오지 않으면 끝나고 계속 관장님께 물었다. 그러면 언제나 답을 주셨고 나는 또 연습했다. 어느 날 관장님께서 나를 부르셨다.

　"비오야, 시합 한번 뛸래?"

　순간적으로 가슴이 설렜지만 잠시 뒤에 현실을 파악했다. 얻어터지고 올 게 틀림없었다. 조심스레 관장님께 거절의 뜻을 비쳤다.

"관장님, 저는 아직 실력이 많이 부족한 것 같습니다. 그리고 학생인데 해야 할 공부도 많아서요. 시합은 아직 못 뛰겠습니다."라고 말했다.

마음속으로만….

○

분명 나는 저렇게 말할 생각이었다. 하지만 갑자기 내 목과 혀가 뇌의 말을 듣지 않았다. 순간적 실어증이라고나 할까? 그래서 뇌의 명령과는 다르게 입에서는 이런 말이 튀어나왔다.

"네. 열심히 해보겠습니다."

그날 집에 가서 내 목과 혀를 크게 꾸중했다.

"이 자식들아. 제정신이야? 야! 목! 자꾸 초크 당하더니 이성을 잃었어? 야! 혀! 넌 평소엔 발음도 제대로 못 하더니 갑자기 말 잘하더라! 멋대로 대답하면 어떡해? 주인은 나라고. 뇌를 거친 다음 말을 내뱉으란 말이야!"

호되게 혼난 목과 혀는 섣불리 내뱉은 말을 내일 즉시 주워 담기로 약속했다. 다음날 떨리는 마음으로 체육관을 갔다. 다시 한 번 뇌는 목과 혀에 명령했다. 관장님에게 다가갔다. 목과 혀는 말을 하기 시작했다.

"관장님, 저 몇 kg까지 빼야 하죠?"

"지금이 몇이지?"

"75kg입니다."

"그럼 라이트급이 좋겠다. 70kg까지 빼자."

이제 어서 본론을 말하거라!

"아. 저 근데 관장님, 사실은….."

"왜?"

"아닙니다. 열심히 하겠습니다."

아오! 이 자식들.

내 몸이라 어디 버려버릴 수도 없고.

○

그날 이후 체육관 칠판에는 내 이름이 적혔다.

로드fc 센트럴리그 출전 맹비오.

처음에는 다른 이들의 이름도 있었다. 하지만 심하게 높아진 훈련 강도에 하나둘 자신의 이름을 지워갔다. 결국 칠판에는 내 이름만 외로이 남아있게 되었다.

　부담이 커졌다. 처음 시합을 나가기로 결심했을 땐 '뭐 별거 있나?' 싶었다.
　시합을 준비하며 내가 얼마나 오만했는지 깨달았다. 부족한 점이 너무도 많았다. 힘도 약했고 속도도 느렸다. 경험도 매우 부족했다. 기술이 월등하게 뛰어나지도 않았다.

　포기하고 싶을 때마다 떠올렸다. 아무것도 할 줄 모르고 당하기만 했던 내가 지금은 시합을 준비하고 있다. 여기까지 올 수 있었던 것도 성실함 때문이다. 지금의 어려움도 극복할 수 있을 것이다.

　부족한 힘을 보완하기 위해 웨이트 트레이닝을 병행했다. 체력 훈련도 더 강화했다. 수업이 끝난 이후에도 남아서 스파링을 했다. 훈련이 끝나면 너무 힘들어서 바로 쓰러졌다. 스파링 강도도 매우 높아졌다. 얼굴을 정통으로 맞고 코피가 두 번이나 났다. 맞아서 코피 난 적은 한 번도 없었는데…. 매일 근육통과 함께했고 자는 시간보다 운동하는 시간이 더 많았다. 몸은 힘들었지만, 이 모든 것을 잘 해내고 있는 내가 자랑스러

왔다. 그렇게 시합 날은 가까워졌다.

○

시합 날 오전 시합이 열리는 김포의 체육관에 갔다. 체육관 식구들이 응원해주러 따라왔다. 정말로 고마웠다. 체육관에 도착하고 가장 먼저 계체를 했다. 71.5kg이 넘으면 안 된다. 나는 70kg으로 통과했다. 밥을 먹고 다른 선수들의 경기를 보며 내 차례를 기다렸다.

내 경기가 점점 다가왔다. 머릿속에 지금까지 준비해왔던 과정이 하나둘 스쳐 갔다. '진인사대천명'이라는 말을 떠올렸다. '나 자신에게 떳떳할 만큼 열심히 해왔으니 경기 결과는 하늘의 뜻으로 받아들이자. 지더라도 절대 좌절하지 말자.'

내 바로 이전 경기가 8초 만에 허무하게 끝났다. 갑작스럽게 케이지에 올라갔다. 케이지 문이 잠기고, 위엔 오직 심판, 나, 상대방밖에 없다. 주어진 시간 동안 준비한 것을 다 쏟아붓고 나오겠다고 생각했다.

경기 결과는? 패배였다. 너무 아쉬웠다. 판정에 불만도 있었지만 받아들이기로 했다. 이 패배를 위해 그동안 그렇게 열심히 노력했던가.

하지만 곧 깨달았다.
이 짧은 6분의 시합이 끝나도 그동안의 노력은 사라지지 않다는 것을.

케이지에 올라가기 위해 했던 수많은 노력은 나에게 큰 자산이 되었다. 무슨 일이라도 두려워하지 않고 도전한다. 어떤 일이든 최선을 다하면 해낼 수 있다고 믿는다. 어려움이 닥쳐와도 도망가지 않는다. 가드를 바짝 올리고 부딪혀본다.
모두 케이지에서 배운 교훈이다.

○

체육관에는 이런 말이 적혀있다.

I never lose. win or learn.
나에게 패배란 없다. 이기거나 배울 뿐.

선물 같은 아르바이트

수능이 끝난 후였다. 아무런 죄책감 없이 하고 싶었던 일을 마음껏 할 수 있는 시기였다. 수능만 끝나면 반드시 하겠다고 다짐한 것을 하나씩 실행에 옮겼다. 피아노와 드럼을 배웠고, 운전면허학원에 가서 난생처음 운전도 해보았다. 이 모든 활동은 돈이 들었다. 돈을 벌고 싶었다. 아르바이트를 구하기로 했다.

이미 아르바이트를 시작한 친구들도 많았다. 식당에서, 편의점에서, pc방에서 친구들은 각자 자신의 일자리를 찾았다. 하지만 2개월 뒤에 다른 지역으로 대학을 가는 나는 일자리를 구하기가 쉽지 않았다. 2개월만 하고 그만둘 고등학생을 받아 줄 사장님은 많지 않았다.

여기저기서 거절을 당하고 나니, 노동 의지가 꺾여버렸다. 학교라는 울타리에서 벗어나서 처음으로 느낀 사회의 쓴맛이었다. 아르바이트하겠다는 생각은 접었지만, 손은 계속 알바천국 앱을 찾고 있었다. 이제 더 이상 돈의 문제가 아니었다. 자존심의 문제였다. 나를 받아줄 만한 곳은 없는지 끊임없이 찾았다.

겨우 적당한 일자리를 발견할 수 있었다. 파리바게뜨에서 하는 4일짜리 단기 아르바이트였다. 크리스마스가 끼어 있었지만, 여자친구도 없었고, 약속도 없어서 오히려 좋았다. 바로 지원했고, 와도 좋다는 연락을 받았다. 대학에 합격할 때만큼 기뻤다. 가게로 갔다. 사장님을 만났고, 나와 파트너가 될 친구도 만났다. 사장님은 우리 둘에게 어떤 일을 하는 것인지 친절하게 설명해주셨다. 크리스마스 기간에는 평소보다 훨씬 더 케이크가 많이 팔린다. 이 시기에는 가게 안의 냉장고만으론 케이크를 충분히 보관할 수 없다. 그래서 이때만 특별히 냉동차에 케이크를 보관한다. 우리가 할 일은 케이크가 부족할 때마다 이 냉동차에서 꺼내 가게로 가져다주는 것이다. 냉동차는 걸어서 5분쯤 걸리는 공용주차장에 있었고, 우리는 주구장창 냉동차 운전석과 조수석에서 떠들며 연락을 기다리면 되었다.

일은 너무 쉬웠다. 연락이 오면 케이크를 들고 5분만 걸어가면 되었다. 사람들이 몰리는 시간이 아니면 연락이 거의 오지 않았다. 차에 앉아 있는 시간이 대부분이라 파트너와도 금방 친해졌다. 우리는 첫날 일을 하고 느꼈다. 이거 완전 대박 알바다! 내일은 PMP를 가져와 차에서 함께 영화를 보기로 약속하고 우리는 헤어졌다.

다음 날도 똑같은 일을 했다. 우리는 차에서 영화를 두 편이나 보았고, 일하면서도 우리가 굳이 필요한가 싶었다. 이런 일을 하고 돈을 받는 게 약간 미안해질 정도였다. 크리스마스였던 세 번째 날은 그래도 조금 바빴다. 우리는 평소보다 훨씬 자주 케이크를 운반했다. 케이크를 사는 사람들의 표정은 모두 행복해 보였고, 케이크를 운반하며 사람들의 행복한 모습을 보는 것도 즐거웠다. 조금은 고되었던 크리스마스 날 영업이 끝난 뒤, 사장님은 우리에게 내일은 나오지 않아도 될 것 같다고 하셨다. 그동안 수고했다며 우리 둘에게 케이크도 선물로 주셨다. 알바를 잘렸지만 기분은 좋았다.

백수가 된 다음 날, 사장님께 문자를 받았다. 알바비를 입금했으니 확인해보라는 문자였다. 나는 재빠르게 확인하고 뭔가 이상한 점을 발견했다. 내 계산보다 알바비가 많았다. 자세히 보니 4일 치 알바비를 주신 거였다. 나는 함께 일한 친구에게도 4일 치 알바비가 들어왔는지 물었다. 친구도 그렇다고 한다. 친구가 사장님께 연락을 드려보자고 했다. 잠시 뒤, 친구에게 연락이 왔다. 사장님께서도 이미 알고 계셨고 크리스마스 선물이라고 말씀하셨다고 했다. 태어나서 처음 해본 아르바이트에서 크리스마스를 함께 보낸 친구가 생겼고, 크리스마스 케이크도 얻었다. 거기에 보너스까지 받았다.

따뜻한 겨울이었다.

그때 그 장소

○

대학생 때 신림동 고시촌에서 자취를 했다. 자취방은 하늘과 가까웠다. 무시무시한 언덕을 오르고 나서야 도착할 수 있었다. 겨울엔 그 언덕이 꽁꽁 얼어서 빙판이 되었다. 매일 아침 아슬아슬하게 집을 나서야 했다. 자취방은 아주 작았다. 문을 열면 신발 두 개 정도 놓을 수 있는 공간이 있었다. 가끔 친구들이 놀러 오면 젠가를 하듯 신발을 쌓아 올려야 했다. 침대는 반듯하게 누우면 발이 밖으로 나왔다. 추운 겨울엔 발을 지키기 위해 어쩔 수 없이 웅크려 자야 했다. 이젠 충분히 큰 침대에서도 웅크려 자는 걸 좋아한다. 침대, 책상, 싱크대를 제외한 나머지 공간은 거의 없었다. 위낙 좁아서 팔굽혀펴기도 대각선으로 해야 했다. 화장실은 공중전화 부스보다 살짝 컸다. 샤워하고 나면 변기 앞에 걸려있는 휴지가 흠뻑 젖었다. 햇볕이 잘 들지 않아 빨래도 잘 마르지 않았고, 덕분에 방 안에선 늘 퀴퀴한 냄새가 났다. 설마 내가 입은 옷에서도 그 냄새가 났을까.

결코 좋은 공간은 아니었지만 지금도 그곳이 그립다. 처음 느껴보는 오직 나만의 공간. 그 속에서 파묻혀 온종일 책만 읽던 날. 전화하면 언제든 나올 수 있는 동기들. 그들과 좁은 방 안에서 술 마시며 나누던 이야기. 늘 가벼웠던 주머니. 그 사정을 잘 아는 듯한 값싼 동네 식당. 가끔 들르던 아버지. 높은 언덕을 바라보며 한숨 쉬던 그의 모습. 등산하듯 헉헉대며 겨우 도착한 후 마시던 막걸리. 안주는 오직 김치 몇 조각.

행복했느냐 물어온다면. 그렇다.

그 시절 좁은 방에서 나는 행복했다.

○

　내가 다니던 대학교 앞은 지하철역이 없었다. 버스 노선이
많은 것도 아니었다. 대부분 학생은 마을버스를 타고 지하철
역까지 간 후에 지하철을 탔다. 버스를 타고 갈 수 있는 지하
철역은 두 곳이었다. 1호선 관악역과 2호선 신림역. 관악역은
버스를 타고 5분 정도 걸렸고, 신림역은 버스를 타고 20분 정
도 걸렸다. 관악역과 신림역. 두 역의 분위기는 매우 다르다.

　신림역은 사람들이 많이 다닌다. 반면에 길은 너무 좁다.
그래서 교통체증이 아닌 사람체증이 걸린다. 눈앞에서 내가
타야 할 버스가 떠나는 게 보여도, 지하철 시간이 1분밖에 남
지 않았어도 달려갈 수 없다. 그래도 너무 슬퍼하지 마시길.
금세 다른 버스, 다른 지하철이 온다.

　관악역은 고요함이 있는 공간이다. 관악역 주위에는 '한
사랑 산악회'에 나올법한 호프집이 두 군데 정도 있다. 주말
이 되면 등산을 갔다 오신 아저씨들이 바깥 테이블까지 나와
맥주를 마신다. 관악역은 출구도 2번까지 밖에 없고, 열차도
거의 10분에 한 번 정도 온다. 아슬아슬하게 열차를 놓치면 엄

청난 후회와 좌절감이 몰려온다.

○

    관악역에서 두 아주머니의 대화를 엿들은 적이 있다. 들으려고 들은 건 아닌데, 가끔 모르는 이들의 말이 귀에 꽂히는 순간이 있다. 그날이 그랬다.

    "서울에서 지하철끼리 부딪혀서 사고가 났대!"
    "아이고 큰일이네. 사람들이 안 다쳤어야 할 텐데."
    "아니, 근데 도대체 이해가 안 되네."
    "뭐가?"
    "지하철을 보면 10분에 한 대 정도 오잖아. 근데 어떻게 지하철끼리 부딪힐 수가 있대?"
    "그러니까 말이여. 10분에 한 대씩 오는데 미리미리 좀 멈추지. 도무지 이해가 안 되는구먼."
    "그래도 사람들이 안 다쳤어야 할 텐데."
    "그러게. 아무도 안 다쳤어야 할 텐데."

    정말. 아무도 안 다쳤어야 할 텐데...

주문이 두려운 세상

    커피 한 잔 사러 카페에 갔다. 아이스 아메리카노 한 잔이 단돈 1500원! 이 주변에서는 가장 저렴한 카페다. 들어가자 키오스크 앞에 할아버지 한 분이 계셨다. 조용히 그 분 뒤에 서서 차례를 기다렸다.

    할아버지는 갑자기 키오스크 옆, 음료가 그려진 플라스틱 메뉴판을 손가락으로 누르셨다. 터치가 될 리가 없었다. 그때서야 생각했다.

    '도와드려야겠구나..'

    할아버지께 다가가 짧게 말했다.

'이 쪽에서 하시면 됩니다.'

할아버지께서는 민망한 표정으로 대답하셨다.

'아! 감사합니다.'

○

불안감에 뒤에서 그를 지켜보았다. 다행히 주문을 잘 하셨다. 커피류 터치, 따뜻한 카페라떼 터치. 이제 결제버튼만 누르면 내 차례가 된다. 할아버지께서는 주머니에서 핸드폰을 주섬주섬 꺼내셨다. 삼성페이를 사용하시는 듯 했다. 그런데 할아버지께서는 결제버튼을 누르지 않은 채 카드기 쪽에 핸드폰을 가져다대셨다. 역시나 될 리가 없었다. 어쩔 수 없이 다시한 번 나섰다.

"결제 버튼 누르셔야 될 거에요. 제가 도와드릴게요."

그때서야 알았다. 결제 버튼만 누르면 끝이 아니라는 것을. 교실에는 질문하는 학생들이 사라졌다는데... 키오스크는 끊임없이 질문했다. 포인트를 적립하시겠습니까? 휴대폰 번호로?, 바코드로?, 적립 안 함? 할아버지는 멍하니 화면만 바라보았다.

"혹시 포인트 적립 하실건가요?"

"아니요. 괜찮습니다."

적립 안 함을 눌렀다. 10번 적립하면 한 잔 공짜인데. 안타까웠다.

이제 진짜로 내 차례구나... 생각하는 순간.

결제 방식을 선택해달라는 창이 떴다.

'아.. 아직도 끝이 아니구나.'

"카드 결제 하실 거죠?"

할아버지는 고개를 끄덕이셨다.

카드 결제를 고르고 확인을 누르자, 얼마만큼의 금액을 카드 결제로 하겠냐고 묻는 창이 떴다. 당연히 다 해야지... 깎아주기라도 할 건가. 매 번 보면서도 이해가 되지 않는 질문이다. 전체 금액을 결제를 터치하고 나서야 모든 과정이 끝났다.

"이제 결제하시면 됩니다."

"감사합니다.."

○

무의식적으로 빠르게 주문하던 과정을 찬찬히 보니, 너무 복잡하다. 기계가 익숙하지 않은 어른들에겐 어려워보인다. 사실 별거 아닌데. 천천히 몇 번 해보면 누구나 할 수 있는데... 하지만 내 뒤에 줄 서있는 수많은 사람들의 눈초리 속에서 천천히 배우고 익히기란 불가능하다. 키오스크는 누군가에게 두려운 대상이 된다.

할아버지는 커피를 받고 나가시면서 다시 한 번 나에게 인사를 건넸다.
"정말 감사합니다."
커피를 대신 주문해준 것이 세 번씩이나 고개를 숙여 감사 받을 일이 되었나. 씁쓸했다.

○

키오스크는 점점 더 늘어날 것이다. 패스트푸드점, 카페, 식당까지. 기계가 익숙하지 않은 노인 분들은 점점 가게에 들어가기가 두렵다고 한다. 인류를 편리하게 해주겠다며 나타난 기계가 인류의 자존심을 뭉개고 있었다.

우리의 먼 조상 네안데르탈인은 힘이 약해진 노인을 돌보는 것을 인간의 도리로 여겼다. 누구나 언젠가는 노인이 되기 때문이다. 기술 발전이 인간에게 편리함을 주었다지만, 그 '인간'에 대부분의 노인들은 빠져있다. 고향가는 버스표를 예매하는 것도, 좋아하는 야구 경기를 보기 위해 표를 사는 것도, 점심 식사를 위해 햄버거를 주문하는 것도 그들에게는 너무나 어렵다. 우리는 그들을 배려하고 있는가? 우리는 지금 네안데르탈인보다 더 나은 인류인가?

○

마르크스의 이론은 대부분 틀렸다. 인간의 생산성은 한계에 종착하지 않았고, 공산주의 혁명은 일어나지 않았다. 그러나 자본주의 사회에서 인간은 점점 소외될 것이라는 그의 주장은 현실이 되었다. 키오스크는 인간이 충분히 기계로 대체할 수 있는 존재라는 것을 보여주며 수많은 노동자를 소외시켰다. 또한 기술 문명을 따라가지 못하는 수많은 노인들을 소외시켰다.

그렇다고 제 2의 러다이트 운동을 할 수 없고. 다만 키오스크가 조금만 더 친절하면 좋겠다. 은행의 ATM처럼 간단하면 좋겠다. 우리에게 지혜를 전해주신 수많은 어르신들이 고작 기계 앞에서 자존심에 상처 입지 않길 바란다.

마음 편히 주문할 수 있는 세상이 하루 빨리 오기를...

방에서 발견한 보물

인천으로 대학을 가게 되면서 독립을 했다. 고등학교 때까지 내가 지냈던, 내 방은 이제 더는 내 것이 아니었다. 광주 집엔 두 달에 한 번쯤 내려갔다. 그때마다 내 물건은 하나씩 없어졌다. 필기도구, 책꽂이, 심지어 침대까지. 그 공간은 조금씩 엄마의 물건으로 채워졌다. 엄마의 펜과 연필, 엄마의 책과 공책. 이제 그곳은 엄마 방이라고 부르는 게 맞을 것 같다.

그래도 여전히 그곳을 내 방이라고 느끼는 까닭은 내가 쓰던 책상과 책꽂이가 여전히 그곳에 있기 때문이다. 책꽂이에서 내 손때 묻은 책을 하나하나 들쳐보고 한 권을 골라 책상에 앉아 읽는 것. 고향에서 느끼는 즐거움 중 하나다.

○

　오랜만에 고향에 내려간 날이었다. 책상에 앉아 꽂혀있는 책을 훑어보았다. 혹시나 돌아갈 때 챙겨갈 책에 없나 살펴보는 중이었다. 그러다 책꽂이에 꽂혀있는 파일을 하나 발견했다. 그 속에는 중학교 때 논술 학원 과제로 썼던 글이 가득했다. 그때 나는 15년 전의 '나'와 만날 수 있었다.

　15년 전 나는 사형을 앞두고 죽음을 예찬하는 소크라테스를 이해하지 못했다. 저승으로 가서 먼저 죽은 영웅과 시인을 만나 대화하겠다는 소크라테스를 비웃었다. 15년 전 나는 이렇게 썼다.
　"소크라테스가 아무리 지식이 많다 하더라도 사후 세계의 존재 여부는 잘 모를 것이다. 또한 그에게는 가족이 있었다. 자신의 자존을 위해 가족을 버리는 것은 이기적이라고 생각한다."
　그때 나는 죽음 앞에서도 자존을 지키는 인류의 스승을 가족을 버린 비정한 아버지로 여겼다.
　15년 전, 나는 코페르니쿠스를 좋아하는 소년이었다. 라다크 사람의 공동체적인 삶에서 현대 사회의 해답이 있지는 않을까 고민했다. 오직 개인적 명예를 가장 중요한 가치로 여기는 아킬레우스와 국가를 위해 개인의 모욕쯤은 견디는 이순신 장군 중에서 어느 선택지를 골라야 할지 고민했다. 그때는 둘 중 하나를 꼭 골라야만 할 것 같았다.

고대 그리스 철학자 헤라클레이토스는 이렇게 말했다.

같은 강물에 발을 두 번 담글 수 없다.

강물은 계속 흘러간다. 그러므로 같은 강물이란 없다. 세월도 계속 흘러간다. 그때의 '나'와 지금의 '나'는 다르다.

소크라테스에게 겁없이 대들었던 소년은 지금 소크라테스의 반의반도 닮지 못해 번뇌한다. 코페르니쿠스를 흠모하던 소년은 과학의 길을 포기한지 오래다. 라다크에서 희망을 찾던 소년은 지금 인간 종족에 대한 믿음을 잃었다. 이순신과 아킬레우스 사이에서 흔들리던 소년은 더 이상 영웅을 흠모하지 않는다.

논리는 부족했지만 패기 넘쳤던, 못난 글을 썼지만 순수한 글을 썼던, 현실 감각이 부족했지만 꿈과 희망을 가지고 있던,

15년 전 그때의 내가 자랑스럽다.

○

    광주 집에 내려간 또 다른 날이었다. 방에서 몇 권 남지 않은 내 책을 찾고 있었다. 그때 우연히 엄마의 노트가 보였다. 아주 두꺼운 노트였다.

    '엄마는 도대체 무엇을 적으려고 이 두꺼운 노트를 샀을까?'

    호기심을 견디지 못해 펼쳐보았다. 텅 비어있었다.

    '뭐야, 이럴 거면 굳이 이렇게 두꺼운 노트를.'

    천천히 노트를 앞으로 넘기자 드디어 엄마의 글씨가 나왔다.

    '바나나: 아침에 먹으면 소화 기관에 좋음'

    이런 식의 건강 정보가 적혀있었다. 맞아. 엄마는 어렸을 때부터 TV에서 좋은 음식이 소개되면 저렇게 적어두곤 했지….

    쭉 훑어보다가 마지막으로 첫 장을 발견했다. 큼지막한 글씨로 적힌 두 줄.

    1. 우리 가족과 함께 해외여행 가기

    2. 가족사진 찍기(아들, 아빠는 턱시도 / 누나, 엄마는 드레스)

○

　그때 갑자기 눈물이 났다. 왜 눈물이 났는지는 모른다. 아마 얼마 전에 봤던 슬픈 영화가 떠올라서였겠지. 엄마도 우리와 함께해보고 싶었던 것이 있었다는 것을, 다 큰 어른이 돼서야 깨달았다는 사실에, 엄마에게 너무 미안해서, 슬퍼진 것은 절대로 아니다. 슬픈 영화를 봐도 나는 잘 울지 않는데, 아주 슬픈 영화였나보다. 그 영화의 제목도, 내용도 기억이 나진 않는다. 이 글을 쓰는 지금도 그 제목도, 내용도 기억이 안 나는 슬픈 영화 때문에 다시 눈물이 나려고 한다.

　무슨 영화였더라.

○

　슬픈 영화 생각을 잠시 멈췄다. 누군가 들어오면 굉장히 민망할 것 같다는 생각에 얼른 눈물을 닦아냈다. 두 달에 한 번씩 오는 아들이 방에서 눈물을 흘리고 있다면, 그것을 본 엄마의 심정은 어떨까? 그런 불효를 저지를 수는 없었다. 거울을 보니 눈물 자국이 남아있다. 눈치 빠른 엄마에겐 이런 작은 흔적조차 남기면 안 된다. 재빠르게 화장실로 뛰어 들어가 세수를 했다. 정신이 바짝 들었다.

　말끔한 정신으로 다시 엄마의 버킷리스트를 생각해봤다. 그리고 우리 집에 있는 가족사진을 한 번 봤다. 내가 초등학교 4학년 때 찍은 사진이었다. 가족사진을 찍으려 옷을 사러 갔던 기억이 생생하다. 문흥동에 있었던 사진관. 그때 입은 하얀 자켓이 나는 참 마음에 들었는데. 참 오래되긴 했다.

　엄마는 해외를 나가본 적이 없었다. 태국, 인도, 미국 등 셀 수 없이 여행을 많이 다니면서, 왜 나는 엄마와 함께 여행할 생각은 한 번도 하지 못했을까…. 엄마도 좋은 곳에 가보고 싶을 거란 생각을.
　왜.
　단 한 번도.
　하지.
　못했을까….
　까짓것 엄마의 소원을 하나씩 이뤄드리기로 했다. 생각해보니 그리 어려운 일도 아니었다.

　우리 이제 같이 해외여행도 가고, 가족사진도 찍읍시다.

○

전역하면 다낭을 함께 가자고 약속했다. 하지만 코로나19 탓에 아무 곳도 갈 수 없었다. SNS에 무료로 가족사진을 찍어 준다는 광고를 보았다. 신의 계시라 믿고 가족에게 알렸다.

"우리 사진을 공짜로 찍을 수 있대!"

하지만 이조차도 가족끼리 시간이 잘 맞지 않아서 무산됐다. 소원 한 번 이루기 참 쉽지 않다.

얼마 뒤, 아빠가 카톡으로 기사 하나를 보냈다.

무료 촬영이라더니 액자 하나에 80만원
'SNS 가족사진 무료 이벤트' 고객 유인 상술
수년째 기승

휴…. 큰일 날 뻔 했네.

그 뒤 한참 동안 엄마의 버킷리스트를 이루지 못했다.

불효자를 용서하소서….

○

엄마의 버킷리스트는 조금씩 이뤄지고 있다. 내가 결혼을 하게 되면서 자연스럽게 우리 가족 사진도 찍게 되었다. 거의 20년 만에 새로 찍은 가족사진. 스튜디오에서 찍은 건 아니고 결혼식장에서 간단하게 찍었지만, 그래도 꽤 근사하다.

엄마는 갑자기 한 해에 해외여행을 두 번이나 가게 되었다. 내가 가봤던 대만. 내가 가보지 못한 중국. 특히 중국의 웅장한 풍경이 마음에 들었는지, 한참 동안 나에게 자랑을 했다. 중국은 건물이 엄청 화려하더라. 중국 사람들은 붉은 색을 진짜 좋아하는 것 같더라. 우리 가족은 엄청 큰 테이블에서 먹었는데, 생각보다 비싸지도 않더라. 공연을 봤는데, 엄청 웅장하더라. 조명도 번쩍번쩍하고 사람들이 하늘을 날아다니더라.

진짜. 재있더라.
또 가고 싶더라.

○

이제 그럼 다 이뤄진 건가?
다시 한 번 공책을 떠올려본다.

1. '우리 가족'과 함께 해외여행 가기
2. 가족사진 찍기
(아들, 아빠는 턱시도 / 누나, 엄마는 '드레스').

아직 빠진 조건이 있다.
'우리 가족', '드레스'

혹시나 이 글을 읽고 그때 쓴 공책이 기억난다면,
아직 그 꿈이 변함없다면.

그래요. 우리 같이 해외여행 갑시다.
추운 겨울 따뜻한 나라로 떠납시다.

가족사진도 찍읍시다.
아빠랑 나는 턱시도
누나랑 엄마는 드레스 입고 다시 한 번 찍읍시다.

에필로그

어렸을 때 물건을 자주 잃어버렸습니다. 연필이며 지우개며 사주는 족족 잃어버리자 부모님께서는 대책을 세웠습니다. 엄마는 내 모든 물건에 이름을 썼습니다. 교과서, 연필 지우개는 물론이고, 심지어 가방에도 이름을 적었습니다. '맹비오' 세 글자가 또렷이 적힌 가방을 들고 가는 것이 조금 창피하기도 했습니다만, 그 덕에 가방은 끈이 떨어질 때까지 잃어버리지 않았습니다. 학교나 학원에 두고 온 적은 몇 번 있었던 것 같네요. 아빠는 연필, 지우개를 실로 묶어 가방에 매달아주셨습니다. 부모가 그 정도 노력을 했으면 잃어버리지 않도록 좀 더 신경 쓰는 것이 자식 된 도리일 텐데요. 아무리 묶어놔도 물건은 자꾸 사라졌습니다.

성인이 된 지금도 그 버릇은 여전합니다. 결혼하기 전, 지금의 아내가 전역 선물로 명품 지갑을 사준 적이 있습니다. 전역 때까지 기다려준 것만으로도 고마운데 선물까지 준비한 마음이 정말 고마웠습니다. 절대로 잃어버리지 않겠노라. 이 지갑을 평생 사용하겠노라. 약속했습니다.

얼마 뒤, 지하철에서 내려 카드를 찍고 나가려는데 주머니에 지갑이 없었습니다. 다급하게 역무원분께 말했습니다.

"죄송한데, 지갑이 없어졌어요. 혹시 찾을 방법이 있을까요?"

임시 문을 통과해 그와 함께 역무실로 들어섰습니다. 역무원께서는 어느 역, 어느 위치에서 지하철을 탔는지 물었습니다. 최대한 기억을 떠올려 대답했습니다. 역무원께서는 어디론가 통화를 하셨습니다.

"지갑이 잘 있다고 하네요!"

라는 대답이 나오길 간절히 기도했지만 결국 지갑을 찾지 못했습니다. 쓸쓸한 발걸음으로 집에 들어온 뒤, 펑펑 울었습니다.

이제 더 이상 비싼 물건을 사지 않습니다.

언젠가 또 잃어버릴 테니까요.

○

　물건은 사라졌지만, 기억은 남아있어 참 다행입니다. 엄마가 바른 글씨로 가방에 이름을 써주던 날. 아빠가 혹시나 떨어지지 않도록 실을 여러 번 감아 매듭짓던 날. 지금의 아내에게 지갑을 선물 받은 전역 날. 그 소중한 지갑을 잃어버려 펑펑 울던 날. 모두 생생하게 기억납니다. 기억력도 좋지 않은 제가 생생히 기억한다는 건, 그만큼 소중했던 순간이기 때문이겠죠.

　물건은 잃어버려도 소중한 날들은 잊어버리기 싫습니다. 그래서 매일 오메가3를 한 알씩 먹고 있습니다. 기억력에 좋다더군요. 2년 정도 꾸준하게 먹었는데, 효과는 아직 잘 모르겠습니다. 두 알씩 먹어야 할까요? 고민입니다.

○

　그래서 썼습니다. 써놓으면 잊지 않을 것 같아서요. 간직하고 싶은 순간들을 하나둘 적다 보니 글이 모였습니다. 그리고 이렇게 책이 되었습니다.

제가 쓴 첫 번째 책입니다. 세상을 선물해 준 부모님께 감사를 전합니다. 우리 가족 덕분에 소중한 순간이 셀 수 없이 많아졌습니다. 세상의 모든 빛을 따서 드리고 싶지만, 그럴 능력이 없습니다. 다만 당신들이 물려주신 재주를 이 책을 통해 돌려드리려 합니다. 제가 쓴 모든 글의 첫 독자인 아내에게도 고마움을 전합니다. 내 글을 읽으며 웃는 당신의 모습이 내겐 가장 큰 응원이었습니다. 당신의 그림은 내 글을 훨씬 반짝이게 했습니다.

이 책을 펼쳐주신 모든 독자분.
긴 글을 읽어주셔서 감사합니다.

내 기억이 부디 당신의 추억이길 바랍니다.

2024년 2월
맹비오

사라진 모든 것들에게
ⓒ맹비오 2024

초판 1쇄 발행 2024년 5월 1일

지은이 : 맹비오
펴낸이 : 조충영
디자인 : 이수양

펴낸곳 : 지워크
출판신고 2023년 10월 26일.(제251-2023-104호)
주소 서울특별시 구로구 오류로 36-25, 1F
전화 010-4490-4050
이메일 gwalkbooks@gmail.com

ISBN 979-11-986315-1-0 03810